Melanie Milburne

Enemigos ante el altar

HARLEQUIN™

Editado por HARLEQUIN IBÉRICA, S.A.
Núñez de Balboa, 56
28001 Madrid

I.S.B.N.: 978-84-687-0353-4
Depósito legal: M-20616-2012
Editor responsable: Luis Pugni
Fotomecánica: M.T. Color & Diseño, S.L. Las Rozas (Madrid)
Impresión en Black print CPI (Barcelona)
Fecha impresion para Argentina: 28.1.13
Distribuidor exclusivo para España: LOGISTA
Distribuidor para México: CODIPLYRSA
Distribuidores para Argentina: interior, BERTRAN, S.A.C. Vélez
Sársfield, 1950. Cap. Fed./ Buenos Aires y Gran Buenos Aires,
VACCARO SÁNCHEZ y Cía, S.A.
Distribuidor para Chile: DISTRIBUIDORA ALFA, S.A.

Capítulo 1

ANDREAS recibió una llamada de su hermana pequeña, Mitote, de madrugada.

–Papá ha muerto.

Tres palabras que en otra persona habrían evocado una tormenta de emociones, pero que para Andreas solo significaban que a partir de aquel momento podía dejar de fingir que la suya había sido una familia feliz.

–¿Cuándo es el funeral?

–El martes –respondo Miette–. ¿Vendrás?

Andreas miró a la mujer que dormía a su lado en la cama del hotel y dejó escapar un suspiro de frustración. Qué típico de su padre elegir el momento más inoportuno para morirse.

Aquel fin de semana había pensado pedir la mano de Portia Briscoe en Washington D.C., aprovechando un viaje de negocios. Incluso llevaba el anillo de compromiso en su maletín.

Pero tendría que esperar otra oportunidad. No quería que su compromiso estuviera asociado para siempre con la muerte de su padre.

–¿Andreas? –la voz de Miette interrumpió sus pensamientos–. Sería bueno que vinieras... por mí, no por papá. Tú sabes cuánto odio los funerales, especialmente después del de mamá.

Andreas sintió como si una garra se clavara en su corazón al recordar a su madre y lo cruelmente que había sido traicionada. Estaba seguro de que eso era lo que la había matado, no el cáncer. Su desconsuelo al encontrar a su marido en la cama con una empleada de la casa mientras ella luchaba con la quimioterapia le había roto el corazón, robándole las ganas de vivir.

Y luego esa bruja, Nell Baker, y la desvergonzada de su hija, Sienna, habían convertido el funeral de su madre en un escándalo...

–Allí estaré –le aseguró.

Y esperaba que Sienna Baker no se atreviese a aparecer por allí.

La primera persona que Sienna vio al llegar al funeral en Roma fue Andreas Ferrante. Al menos, sus ojos lo registraron, pero lo había *sentido* unos segundos antes. En cuanto entró en la catedral, sintió que un escalofrío recorría su espina dorsal.

No lo había visto en muchos años y, sin embargo, había sabido que estaba allí, sentado en uno de los primeros bancos, frente al altar. Tan increíblemente apuesto como siempre y con ese porte aristocrático, exudando dinero y poder. Llevaba el pelo, negro como el azabache, un poco más largo que el del resto de los hombres, rozando el cuello de su camisa.

Él giró la cabeza y se inclinó para decirle algo al oído a la joven que estaba sentada a su lado. Sienna hubiera querido llevarse una mano al pecho, donde su corazón aleteaba como una frenética mariposa.

Durante años había intentado olvidar sus facciones.

No se atrevía a pensar en él porque era una parte de su pasado de la que se sentía avergonzada, profundamente avergonzada.

Entonces era tan joven, tan ingenua e insegura. No había pensado en las consecuencias... pero ¿quién lo hacía a los diecisiete años?

Y entonces, de repente, Andreas giró la cabeza y sus ojos se encontraron. Y cuando esos ojos pardos se clavaron en los suyos fue como ser golpeada por un rayo.

Sienna intentó simular indiferencia y, sacudiendo la rubia melena, recorrió el pasillo para sentarse en un banco.

Sentía su furia.

Sentía su ira.

Sentía su rabia.

Y la hacía temblar. Hacía que su sangre hirviera, que se le doblasen las rodillas...

Pero no demostró nada de eso, al contrario. Intentó fingir una frialdad que ocho años antes, cuando era una adolescente, habría deseado.

La mujer que estaba sentada al lado de Andreas era su última novia; o eso había leído en las revistas. Su relación con Portia Briscoe había durado más que las otras e incluso se rumoreaba que iban a casarse.

Aunque Sienna nunca había pensado que Andreas Ferrante pudiese enamorarse de verdad. Para ella, siempre había sido un príncipe, un niño rico rodeado de privilegios. Cuando llegase el momento, Andreas elegiría una esposa adecuada, una chica de buena familia, como su padre y su abuelo antes que él; el amor no tendría nada que ver.

Y, en apariencia, Portia Briscoe era la perfecta candidata. Una belleza clásica, era la clase de mujer que no iba a ningún sitio sin estar perfectamente peinada y maquillada. El tipo de mujer que ni soñando iría a un funeral con unos vaqueros con el bajo deshilachado y zapatillas de deporte.

Portia, que solo llevaba exquisitos trajes de chaqueta de alta costura, tenía unos dientes perfectos y una piel de porcelana.

Al contrario que Sienna, que había tenido que sufrir la tortura de un aparato dental durante dos años y que esa misma mañana había tenido que usar corrector para ocultar un granito en la barbilla.

La esposa de Andreas sería perfecta y no tendría un pasado que había causado dolor y vergüenza a todos los que la conocían.

Su esposa sería la perfecta Portia, no la escandalosa Sienna.

«Pues buena suerte».

En cuanto terminó el servicio religioso, Sienna salió de la catedral. Aún no sabía por qué había sentido la necesidad de acudir al funeral de un hombre que, en vida, nunca le había caído bien. Pero había leído en la prensa la noticia de su muerte e inmediatamente pensó en su madre.

Su madre, Nell, había amado a Guido Ferrante.

Nell había trabajado para la familia Ferrante durante años y Guido siempre la había tratado públicamente como a un ama de llaves. Pero Sienna recordaba muy bien el escándalo que su madre había causado en el funeral de Evaline Ferrante. La prensa lo había pasado en grande, como un grupo de hienas sobre un cadáver. Había sido la experiencia más humillante de su vida. Ver a su madre insultada y vilipendiada era algo que jamás podría olvidar. Había jurado ese día que nunca estaría a merced de un hombre poderoso. Sería ella quien llevase el control, la dueña de su destino. No dejaría que otros le dictasen lo que debía hacer solo porque habían nacido en una casa rica o tenían más dinero que ella.

Y nunca se enamoraría.

—Perdone, ¿señorita Baker? —la llamó un hombre bien vestido de unos cincuenta años—. ¿Sienna Louise Baker?

—¿Quién quiere saberlo? —preguntó ella.

El extraño le ofreció su mano.

—Permita que me presente: soy Lorenzo di Salle, el abogado de Guido Ferrante.

Sienna estrechó su mano, sorprendida.

—Encantada de conocerlo, pero tengo prisa...

—Está invitada a la lectura del testamento del señor Ferrante.

Ella lo miró, perpleja.

—¿Cómo dice?

—Es usted una de las beneficiarias del testamento del señor Ferrante...

—¿Beneficiaria yo? Pero ¿por qué?

El abogado sonrió.

—El *signor* Ferrante le ha dejado una propiedad.

—¿Qué propiedad?

—El *château* de Chalvy, en Provenza —respondió el hombre.

El corazón de Sienna dio un vuelco dentro de su pecho.

–Tiene que ser un error. Ese *château* era de la familia de Evaline Ferrante y deberían heredarlo Andreas o Miette.

–El señor Ferrante quiso dejárselo a usted, pero puso ciertas condiciones.

Sienna guiñó los ojos.

–¿Qué condiciones?

Lorenzo di Salle esbozó una sonrisa que le recordó a una serpiente.

–La lectura del testamento tendrá lugar en la biblioteca de la villa Ferrante mañana, a las tres. Nos veremos allí.

Andreas paseaba por la biblioteca sintiéndose como un león enjaulado. Era la primera vez que pisaba esa casa en muchos años, desde la noche que encontraron a Sienna desnuda en su habitación.

La pequeña diablesa, que entonces tenía diecisiete años, había mentido, haciendo creer a todo el mundo que ella era la víctima, un papel que había interpretado a la perfección. ¿Por qué si no la habría incluido su padre en el testamento? Sienna no era pariente de los Ferrante, era la hija del ama de llaves, una buscavidas que ya se había casado por dinero una vez.

Evidentemente, se había ganado el afecto de su padre enfermo para conseguir lo que pudiese tras la muerte de su anciano marido, que la había dejado prácticamente en la calle. Pero el *château* de su madre en Provenza era la posesión a la que Andreas no estaba dispuesto a renunciar.

Y haría cualquier cosa para evitar que fuese a parar a manos de Sienna.

La puerta se abrió y Sienna Baker entró en la biblioteca como si estuviera en su casa.

Al menos aquel día se había vestido de manera más apropiada, aunque no demasiado. La falda vaquera dejaba al descubierto sus largas y bronceadas piernas y la blusa blanca, atada a su estrecha cintura, dejaba al descubierto unos centímetros de abdomen. No llevaba una gota de maquillaje y la melena rubia caía sobre sus hombros con cierto descuido, pero aun así parecía recién salida de una pasarela.

Todos parecieron contener el aliento durante un segundo. Andreas había visto eso muchas veces. La belleza natural de Sienna era como un puñetazo en el plexo solar. Naturalmente, intentó disimular su reacción, pero el efecto que ejercía en él era el mismo del día anterior, en el funeral.

Porque había sabido el momento exacto en el que Sienna Baker había entrado en la catedral.

Lo había sentido.

Andreas miró su reloj antes de lanzar sobre ella una mirada despectiva.

—Llegas tarde.

Sienna sacudió su melena con gesto impertinente.

—Son las tres y dos minutos, niño rico. No te pongas histérico.

El abogado se aclaró la garganta.

—¿Podemos empezar? Hay muchas cosas que tratar.

Andreas permaneció de pie mientras Di Salle leía el testamento. Se alegraba de que su hermana recibiera una gran parte de las posesiones de su padre, aunque no las necesitaba porque su marido y ella tenían un próspero negocio de inversiones en Londres, porque era un alivio saber que todo eso no había ido a parar a Sienna. Miette había heredado la villa de Roma y millones de euros en acciones. Y era una satisfacción porque Miette, como él, no había tenido demasiada relación con su padre en el último año.

–Y ahora llegamos a Andreas y Sienna –dijo Lorenzo di Salle–. Creo que deberíamos leer esta parte del testamento en privado, si no les importa a los demás.

Andreas apretó los labios. No quería que su nombre se mezclase con el de ella. Sienna lo hacía sentir inquieto, siempre había sido así. Sienna Baker era una mujer que lo sacaba de quicio como nadie más podía hacerlo.

Y eso no le gustaba en absoluto.

Por su culpa, se había alejado del hogar familiar y ni siquiera había vuelto para estar con su madre antes de que muriese. El vergonzoso engaño de Sienna había destrozado cualquier posibilidad de relación con su padre durante los últimos ocho años.

Y la odiaba con toda su alma.

El abogado esperó que los demás salieran de la biblioteca antes de leer un documento:

–Dejo el *château* de Chalvy, en Provenza, a mi hijo Andreas y a Sienna Baker, con la condición de que contraigan matrimonio y vivan juntos durante un mínimo de seis meses...

Andreas escuchó las palabras, pero su cerebro tardó un momento en registrarlas. Y cuando lo hizo fue como si le hubiera caído encima un bloque de cemento. Pero no podía ser, tenía que haberlo imaginado.

Sin embargo, cuando miró a Di Salle se dio cuenta de que no era cosa de su imaginación.

Sienna y él... casados.

Viviendo juntos durante seis meses.

Tenía que ser una broma.

—No puede hablar en serio —logró decir, después de aclararse la garganta.

—Tu padre cambió su testamento un mes antes de morir. Si no os casáis en el tiempo acordado, la propiedad pasará a un pariente lejano.

Él sabía muy bien de qué pariente lejano se trataba. Y también sabía lo rápido que ese pariente vendería el *château* para pagar sus deudas de juego. Su padre le había tendido una trampa. Había pensado en todo, haciendo imposible que pudiese escapar.

—¡No voy a casarme con él! —exclamó Sienna, levantándose de golpe, sus ojos azul grisáceo brillantes de indignación.

Andreas la miró, desdeñoso.

—Siéntate y cierra la boca, por favor.

—No pienso casarme contigo.

—Me alegra mucho saberlo —Andreas se volvió hacia el abogado—. Tiene que haber alguna forma de evitar esto. Estoy a punto de comprometerme.

El abogado levantó las manos en un gesto de derrota.

—No la hay. Si uno de los dos se negara a cumplir las condiciones en el plazo establecido, el otro heredaría el *château* automáticamente.

—¿Qué? —exclamaron Sienna y Andreas a la vez.

–¿Quiere decir que si no me caso con ella, Sienna heredaría el *château* de Chalvy y todo lo demás?

Lorenzo asintió con la cabeza.

–Y si os casáis y uno de los dos se marchase antes de los seis meses, heredará el que se quede. El *signor* Ferrante lo dejó todo por escrito, de modo que no tenéis más remedio que casaros y vivir juntos durante seis meses.

–¿Por qué seis meses? –preguntó Sienna.

–Mi padre debió de pensar que, si estábamos más tiempo juntos, yo acabaría cometiendo un asesinato –replicó Andreas.

Ella lo fulminó con la mirada.

–O al revés.

–¿Qué pasará después de esos seis meses, si decidimos casarnos?

–Tú te quedarás con el *château* y Sienna con una cantidad de dinero.

–¿Cuánto dinero?

Lorenzo mencionó una suma que lo dejó atónito.

–¿Consigue ese dinero por hacer qué exactamente? ¿Por ir por ahí fingiendo que es la dueña del *château* de mi madre durante seis meses? ¡Es increíble!

–Yo diría que es una compensación justa por tener que soportarte.

Andreas se volvió para mirarla, airado.

–Todo esto es cosa tuya, ¿verdad? Tú convenciste a mi padre para que cambiase el testamento.

Sienna lo miró con gesto desafiante.

–Hacía cinco años que no sabía nada de tu padre. Ni siquiera tuvo la decencia de enviar una postal o unas flores cuando mi madre murió.

–¿Y por qué fuiste a su funeral si tanto lo odiabas?

–No creas que he hecho un viaje especial a Roma para eso. Estaba aquí para probarme el vestido que llevaré en la boda de mi hermana.

–Ah, he oído hablar de tu perdida hermana gemela –dijo Andreas–. Lo leí en los periódicos. Que Dios nos ayude si es como tú.

–Fui al funeral de tu padre por respeto a mi madre. Si viviera, ella habría ido. Nadie hubiera podido impedírselo.

Andreas la miró, desdeñoso.

–Ni siquiera un mínimo sentido de la decencia.

Sienna levantó una mano para abofetearlo, pero Andreas consiguió evitar el golpe sujetando su muñeca. Sin embargo, el roce de su piel fue como una descarga eléctrica y, de inmediato, vio un brillo en sus ojos, como si también ella la hubiera sentido.

Algo ocurrió entonces, algo primario y peligroso que no tenía nombre, ni forma, pero que estaba allí.

Andreas soltó su muñeca y, sin que nadie se diera cuenta, abrió y cerró la mano un par de veces para ver si sus dedos seguían funcionando con normalidad.

–Tendrá que disculpar a la señorita Baker –le dijo al abogado–. Es famosa por montar numeritos.

–Serás canalla...

El abogado se levantó.

–Tenéis una semana para tomar una decisión. Y sugiero que lo penséis bien. Si no llegáis a un acuerdo, tenéis mucho que perder.

–Yo ya he tomado una decisión –dijo Sienna, cruzándose de brazos–. No pienso casarme con él.

Andreas hizo una mueca.

–Tú no renunciarías al dinero.

Ella lo miró, desafiante, con las manos en las caderas, sus preciosos pechos subiendo y bajando al ritmo de su respiración. Andreas nunca había sentido tal energía sexual en toda su vida. Y la sintió en la entrepierna. Estaba tan cerca que podía notar su aliento en la cara...

–¿Crees que no renunciaría al dinero? Pues vas a llevarte una sorpresa, niño rico –le espetó Sienna, antes de darse la vuelta para salir de la biblioteca con la cabeza bien alta.

Capítulo 2

AQUÍ dice que Andreas Ferrante y su novia han roto –dijo Kate Henley, la compañera de piso de Sienna en Londres, un par de días después. Ella se volvió para lavar una taza en el fregadero.

–Lo que haga Andreas Ferrante no me interesa en absoluto.

–Espera un momento... ¡ay, Dios mío! ¡Es cierto!

Sienna se volvió hacia su compañera, que tenía los ojos como platos.

–¿Qué es cierto?

–Aquí dice que tú eres la otra mujer –respondió Kate–. ¡Dice que tú eres la razón por la que ha roto con Portia Briscoe!

–Dame eso... –Sienna tomó la revista y leyó el artículo, con el corazón galopando dentro de su pecho.

El famoso diseñador de muebles franco-italiano Andreas Ferrante admite tener una relación con la hija de una antigua ama de llaves de su familia, Sienna Baker.

–¡Es mentira! –exclamó Sienna, tirando la revista sobre la mesa.

–¿Y entonces por qué lo dice? –preguntó Kate.

–Porque quiere que me case con él.

–¿Perdona? ¿He oído bien?

–Sí, has oído bien, pero no pienso casarme con Andreas.

Kate se llevó una mano al corazón.

–¿Andreas Ferrante, el multimillonario florentino, el hombre más guapo del planeta... si no de todo el universo, quiere casarse contigo y tú le has dicho que no?

Sienna miró a su amiga, irritada.

–No es tan guapo.

–¿Ah, no? ¿Y qué tal su cuenta corriente?

–No estoy interesada en su cuenta corriente –respondió Sienna–. Me casé una vez por dinero y no pienso volver a hacerlo.

–Pero yo pensé que querías a Brian Littlemore. Lloraste a mares durante su funeral.

Sienna pensó en su difunto marido y en la estrecha relación que habían mantenido durante sus últimos meses de vida. Se había casado con él buscando protección y seguridad, no por amor. Había sido una escapatoria cuando perdió el control de su vida tras la muerte de su madre. Después de un horrible incidente en el que se encontró en la cama con un completo extraño, un incidente que apareció después en Internet, Brian Littlemore le había ofrecido seguridad y respetabilidad.

Como Sienna, Brian se había visto obligado a vivir una mentira toda su vida, pero había sido sincero con ella y su secreto se había ido a la tumba con él, Sienna jamás lo contaría.

–Brian era un buen hombre que pensó en su familia antes que en sí mismo hasta el día de su muerte.

–Es una pena que no te dejase algo de dinero –dijo Kate–. Pero, si no consigues trabajo en las próximas semanas, imagino que podrías pedirle a tu rica hermana gemela que te ayudase a pagar el alquiler.

A Sienna le seguía pareciendo extraño tener una hermana de la que no había sabido nada hasta poco antes. Y una hermana gemela, además. Gisele y ella habían sido separadas al nacer, hijas de un australiano casado que había pagado por su silencio.

Nell se había quedado con ella, entregando a Gisele a Hilary y Richard Carter, que no tenían hijos. Pero su madre se había llevado el secreto a la tumba y Sienna había descubierto por accidente la existencia de Gisele cuando estaba viajando por Australia unos meses antes.

Había hecho el viaje por capricho cuando encontró un billete muy barato en Internet. Siempre había querido ir a Australia y, tras la muerte de Brian, le había parecido una buena oportunidad de aclarar sus ideas antes de tomar una decisión sobre el futuro.

Un encuentro casual en unos grandes almacenes la había reunido con Gisele y, aunque quería a su hermana, seguía sorprendida por la relación.

Además, Gisele había roto con su novio debido a la escandalosa cinta sexual en la que Sienna se había visto involucrada. Encontrarse en la cama con ese extraño, sin recordar cómo había llegado allí, había sido una experiencia tan humillante que de inmediato se marchó de Australia, sin saber el problema que le había causado a su hermana. Cómo había llegado la cinta a Internet, no tenía ni idea, pero su novio había creído que era Gisele y Sienna siempre se sentiría avergonzada por ello.

El prometido de Gisele, Emilio, se había sentido traicionado y solo cuando conoció a Sienna creyó la versión de su novia. Su próxima boda en Roma era algo que le hacía mucha ilusión, pero tenía sentimientos encontrados al respecto. Su irresponsable comportamiento había estado a punto de destrozar a la pareja que, por su culpa, había perdido un bebé y se había separado durante dos años...

¿Cómo iba a compensarlos por eso?

Pero Kate tenía razón, debía encontrar una fuente de ingresos a toda prisa. Antes de que Brian se pusiera enfermo, Sienna había trabajado en su negocio de antigüedades, pero la familia se había quedado con él cuando murió, despidiéndola de manera fulminante, y el fideicomiso que Brian le dejó en su testamento había quedado reducido a cero con la crisis. Su sueño de tener una casa propia se había esfumado y, a menos que ocurriese un milagro, no iba a hacerse realidad.

¿O sí?

Sienna pensó en el dinero que le había dejado Guido Ferrante. Era más que suficiente para comprar una casa. El resto podría invertirlo y vivir de las rentas de por vida. Podría dedicarse a la fotografía, que era lo que siempre había soñado. Qué maravilloso sería ser conocida por su talento y no por sus errores. Qué maravilloso estar al otro lado de la lente, ser ella quien tomase las fotografías en lugar de ser la retratada.

Sienna se mordió los labios al pensar en las condiciones del testamento. Seis meses casada con su peor enemigo. Era un precio muy alto, pero la recompensa merecía la pena.

Además, no tenía que ser un matrimonio de verdad.

De repente, sintió un escalofrío al imaginarse entre los musculosos brazos de Andreas, sus largas y poderosas piernas enredadas con las suyas...

Sienna tomó las llaves de la mesa.

–Me marcho, Kate. No sé cuándo volveré, pero te enviaré el dinero del alquiler.

–¿Dónde vas?

–A Florencia.

Kate la miró, con los ojos como platos.

–¿Vas a decirle que sí?

Sienna asintió con la cabeza.

–Estos podrían ser los seis meses más largos de mi vida.

–¿Seis meses? ¿No se supone que el matrimonio debe durar hasta que la muerte os separe?

–No, este no.

–¿No vas a hacer la maleta? –le preguntó Kate–. No puedes aparecer en Florencia con unos vaqueros y una camiseta. Necesitas ropa, zapatos, maquillaje...

Sienna se colgó el bolso al hombro.

–Si Andreas Ferrante quiere que me vista como una de sus novias, tendrá que pagar por ello. *Ciao*.

–El *signor* Ferrante está en una reunión y no puede ser molestado –le informó la recepcionista.

–Dígale que su prometida está aquí –dijo Sienna.

La mujer la miró de arriba abajo.

–No sé si...

–Dígale que, si no sale ahora mismo, no habrá boda –la interrumpió Sienna, con cara de pocos amigos.

La recepcionista pulsó el botón del interfono y habló en italiano con Andreas:

–*Signor* Ferrante, acaba de llegar una joven que dice ser su prometida. ¿Quiere que llame a Seguridad?

–Dile que espere en recepción –respondió él.

Sienna se apoyó en el mostrador e inclinó la cabeza para hablar por el interfono:

–Sal ahora mismo. Tenemos cosas que discutir.

–En la sala de juntas, en diez minutos.

–Aquí y ahora mismo –insistió ella.

–*Cara*, tu impaciencia enciende mi sangre. ¿Me has echado mucho de menos?

Sienna esbozó una sonrisa falsísima.

–Cariño, no te puedes imaginar lo horrible que ha sido estar sin ti. Me estoy volviendo loca. Ha sido una tortura estar sin tus besos, sin tus caricias y esas cosas que me haces en la cama...

–Vamos a dejar eso para cuando estemos solos, ¿eh?

Sienna sonrió a la atónita recepcionista.

–Nadie lo sabe, pero tiene un enorme...

–¡Ve a la sala de juntas ahora mismo!

Sienna se despidió de la perpleja empleada.

–¿A que es adorable?

En la sala de juntas, Andreas la miró con expresión airada.

–¿Se puede saber qué pretendes? –le espetó mientras cerraba la puerta.

Sienna le devolvió una mirada desdeñosa.

–Aparentemente, estamos comprometidos. Lo he leído en una revista.

–Yo no he hablado con ninguna revista –Andreas se pasó una mano por el pelo–. Ya sabes lo que dicen de una mujer desdeñada.

Ella enarcó una ceja.

–¿Entonces ha sido la perfecta Portia? Vaya, seguro que eso no lo aprendió en la *Guía de las buenas chicas que nunca dan un paso en falso*.

–Estaba a punto de pedirle que se casara conmigo, tiene derecho a estar enfadada.

–Qué pena –dijo Sienna.

–No te pongas sarcástica.

–Me pongo como me da la gana.

La tensión entre ellos era palpable y Andreas empezó a pasear por la habitación, nervioso.

–Tenemos que encontrar la forma de solucionar esto.

–¿Cómo?

–Seis meses y seremos libres. Lo he mirado desde todos los ángulos y lo único que podemos hacer es casarnos. Así ganaremos los dos.

Ella apartó una silla para sentarse.

–¿Qué ganaría yo?

–¿Qué ganarías tú? Ya oíste al abogado, un montón de dinero.

Sienna se quedó callada un momento.

–Quiero más.

Andreas apretó los labios.

–¿Cuánto más?

–¿Que tal el doble?

–Un cuarto –le ofreció él.

–Un tercio –dijo Sienna, sosteniendo su mirada.

Andreas golpeó la mesa con la mano, su rostro tan cerca que podía oler el café en su aliento.

–¡Maldita seas, no vas a conseguir un céntimo más! El trato es el trato, no pienso negociar.

Sienna se levantó de la silla.

–Muy bien, entonces no hay nada más que hablar. Si quieres que me case contigo, tendrás que pagar por ese privilegio.

Había llegado a la puerta cuando Andreas cedió.

–De acuerdo. Te daré un tercio más.

Ella se volvió para mirarlo.

–Ese *château* es muy importante para ti, ¿verdad?

–Era de mi madre –respondió Andreas, con los dientes apretados–. Y haré lo que tenga que hacer para que no caiga en manos de mi avaricioso primo segundo.

–¿Incluso casarte conmigo?

–No puedo creer que vaya a decir esto, pero sí. Se me ocurren cosas peores que casarme contigo.

–Pues a mí no se me ocurre nada peor –replicó ella, volviendo a sentarse.

El aire se tensó como un cable de acero.

Sienna sintió la mirada de Andreas como una caricia. Se sentía desnuda bajo ese escrutinio.

Claro que él ya la había visto desnuda... o casi.

Sienna no quería recordarlo. A los diecisiete años, había querido que Andreas fuera su primer amante, fantaseando que la rescataba de la vida miserable que su madre y ella se habían visto obligadas a vivir. Todos esos años yendo de casa en casa... su infancia había consistido en hacer y deshacer maletas, intentando hacer amistad con gente que ya tenía suficientes amigos. Siempre se había sentido como una extraña; su sitio no estaba ni en el piso de arriba ni en el de abajo.

Pero todo había cambiado cuando su madre consiguió el puesto de ama de llaves en la villa de los Ferrante, en Roma, una propiedad fabulosa, con un jardín increíble, piscina y pista de tenis. A Sienna le había parecido un paraíso después de años viviendo en habitaciones diminutas.

Era la primera vez en su vida que su madre parecía feliz y no quería que terminase. En su mente inmadura, lo tenía todo planeado: Andreas, el hijo y heredero de la fortuna Ferrante, se enamoraría locamente. Él era el príncipe azul, ella la bella mendiga, pero el amor que sentían el uno por el otro superaría todo eso.

Sienna había querido que se fijase en ella como mujer y dejase de tratarla como a un cachorro que no había sido entrenado. Para él, siempre sería la hija de una empleada.

Pero aquella noche sería diferente. Andreas llevaba meses fuera de casa y cuando volviese vería el cambio que se había operado en ella. La vería no como una niña, sino como la mujer madura y deseable que Sienna creía que era.

Sus ojos pardos la habían seguido toda la noche mientras ayudaba a servir la cena. Había sentido su admiración mientras llevaba el café y los licores al salón...

Lo había oído contener el aliento cuando se inclinó para dejar la taza sobre la mesa y, cuando sus brazos se rozaron, fue como recibir una descarga eléctrica.

Él la había mirado entonces con esos ojos entre castaños y verdes y Sienna había sabido que la deseaba.

Lo había sentido.

Lo había esperado en su dormitorio, en su cama, en una postura que ella creía sexy, solo con las bragas y el sujetador, nerviosa pero excitada al mismo tiempo y temblando de anticipación.

La puerta se abrió y Andreas se quedó inmóvil, comiéndosela con los ojos. Pero, de repente, su expresión cambió por completo.

–¿Qué demonios crees que estás haciendo? –le espetó, airado–. Vístete y márchate ahora mismo.

Sienna se había quedado desolada. Estaba tan segura de que la deseaba...

–Quiero que me hagas el amor –le dijo–. Tú sabes que me deseas.

De repente, la boca de Andreas parecía tan fina como si la hubieran dibujado con un tiralíneas.

–Te equivocas, Sienna. No tengo el menor interés por ti.

Ella se había levantado de la cama para acercarse a él moviendo las caderas. Había sido un gesto impulsivo y descarado, pero quería demostrarle que lo que había entre ellos no era cosa de su imaginación.

–Te deseo –le dijo, con voz ronca.

Andreas la había agarrado por los brazos justo cuando la puerta se abrió...

Sienna parpadeó para volver al presente. No quería recordar la horrible escena entre Andreas y su padre. No quería recordar las mentiras que ella había contado...

Desesperada, tenía tanto miedo de que su madre perdiera el puesto de trabajo por su culpa que las palabras habían salido de su boca sin que pudiese contenerlas; una sarta de tonterías que había lamentado siempre.

Andreas no había vuelto a casa desde entonces, ni siquiera cuando su madre estaba a punto de morir.

–Hay asuntos prácticos que debemos solucionar –estaba diciendo Andreas.

–¿Asuntos prácticos?

–El testamento dice que debemos vivir juntos como marido y mujer. Eso significa que tendrás que dormir donde yo duerma.

Sienna se levantó de la silla con tal fuerza que la tiró al suelo.

–¡No voy a acostarme contigo!

Él puso los ojos en blanco.

–No en la misma cama, sino bajo el mismo techo. Tendremos que hacerlo para que sea creíble.

–¿Quieres decir que debemos actuar como si de verdad quisiéramos casarnos?

–Por mucho que me duela decir esto: sí, tenemos que fingir que estamos enamorados.

–¿Estás loco? Yo no puedo hacer eso. Todo el mundo sabe que te odio.

–Lo mismo digo –murmuró Andreas–. Pero solo serán seis meses y solo cuando estemos en público. Cuando estemos solos, podemos seguir luchando.

–Yo no sé luchar.

–Tal vez yo podría enseñarte –dijo él, con una sonrisa irónica que contenía algo que Sienna no quería identificar–. Lo único que debes recordar es que el ganador es el que queda encima.

Sienna se dio la vuelta para que no viese que se había ruborizado al imaginarlo sobre ella.

–¿Y cuándo tenemos que hacerlo oficial?

–En cuanto sea posible. He pedido una licencia de matrimonio, llegará en un par de días.

–¿Y qué clase de boda tienes en mente? –le preguntó ella, volviéndose para mirarlo.

–¿No querrás una boda de blanco? –replicó Andreas, enarcando una ceja.

–Se supone que es el día más especial para la novia.

–Tú ya has sido una novia. De un hombre lo bastante mayor como para ser tu abuelo –le recordó Andreas, con gesto despectivo.

Sienna levantó la barbilla.

–Al menos, le quería.

–Querías su cuenta corriente. ¿Te hizo ganarte el dinero abriéndote de piernas?

Sienna sonrió, la sonrisa que la prensa había documentado una y otra vez, la que decía que era una libertina.

–Te encantaría saberlo, claro.

Andreas metió las manos en los bolsillos del pantalón, intentando contener su ira.

Le gustaba saber que podía hacerle perder los nervios. Siempre había sido un hombre tan serio, tan controlado, pero había una faceta de Andreas Ferrante que solo ella podía sacar. Era su lado primitivo, el hombre que quería dominarla.

Pero ella lucharía con uñas y dientes.

Andreas tuvo que respirar profundamente para controlarse. Sienna lo estaba haciendo deliberadamente.

Intentaba sacarlo de quicio para demostrar que nada había cambiado a pesar del tiempo. ¿Cómo podía aquella mujer afectarlo de ese modo?

Él no era esclavo de sus deseos como lo había sido su padre.

Andreas jamás entendió o perdonó que hubiese traicionado a una mujer con la que llevaba más de treinta años casados para acostarse con el ama de llaves.

Él se enorgullecía de su autocontrol. Tenía los mismos deseos que cualquier hombre, pero siempre elegía a sus compañeras con discreción. Las mujeres con las que se acostaba tenían clase, distinción. No eran arpías como Sienna y no despertaban en él un deseo tan incontrolable.

Él nunca perdía la cabeza.

Pero había algo en Sienna que lo inflamaba y que no podía controlar. Le gustaría enterrarse en ella tan profundamente como fuera posible, montarla como un animal a su hembra. Querría domarla, someterla en todos los sentidos.

Era la fruta prohibida a la que siempre se había enorgullecido de poder resistirse.

Sin duda, era por eso por lo que su padre había puesto esa condición en el testamento. Guido Ferrante sabía que Sienna siempre había sido una tentación para él y no se le podía haber ocurrido peor castigo que obligarlo a vivir con ella. ¿Cómo podía haber hecho eso? ¿Tanto lo odiaba?

Andreas se volvió para mirar a Sienna, que había puesto los pies sobre la mesa, los brazos cruzados levantando sus pechos, como una insolente alumna a la que el director del colegio hubiera llamado a su despacho. Tenía una lamentable falta de respeto por la autoridad, era desafiante y testaruda. Podía pasar de áspera a simpática en un parpadeo. Podía ser una sirena y una cría inocente al mismo tiempo.

Andreas no sabía cómo iba a controlar aquel absurdo arreglo, pero tendría que hacerlo, aunque eso significara acostarse con ella para saciarse de una vez por todas.

Y su sangre hirvió al pensar eso.

—¿Dónde te alojas? —le preguntó.

—Acabo de llegar.

—¿Dónde están tus cosas?

—No he traído nada —respondió Sienna—. He pensado dejarte el asunto del vestuario a ti. La ropa que yo suelo usar no quedaría bien en tu círculo.

Andreas la miró, incrédulo.

—¿Has venido con lo que llevas puesto?

—Si tengo que hacer el papel de tu prometida, tendré que vestir como tal. Pero tú pagarás la ropa, no yo.

—No me importa comprarte ropa. Pero me parece un poco raro que una chica joven viaje solo con unos vaqueros y unas zapatillas. La mayoría de las mujeres que conozco llevarían suficientes maletas como para hundir un barco.

—Yo soy una chica muy sencilla.

—Lo dudo mucho.

Sienna bajó los pies de la mesa con un movimiento lleno de gracia.

—Necesitaré alojarme en algún sitio hasta que nos casemos. Un hotel de cinco estrellas estaría bien.

—Puedes alojarte en mi villa —Andreas anotó la dirección en un papel–. Prefiero tenerte cerca para poder vigilarte.

–¿Crees que se lo contaré todo a la prensa, como ha hecho tu exprometida? –le preguntó ella con una insolente sonrisa mientras guardaba el papel en el bolso.

–Técnicamente, no era mi prometida –replicó Andreas–. No habíamos llegado tan lejos. Pero le había comprado un anillo de compromiso... puedes tomarlo prestado, si quieres.

Sienna inclinó a un lado la cabeza.

–Ni lo sueñes, niño rico. Quiero mi propio anillo, no el de otra mujer.

Andreas dio un paso adelante, como cruzando una línea invisible. La fresca fragancia de Sienna asaltó sus sentidos, una combinación de flores y feminidad que era como una droga. Tan cerca, podía ver las pecas en su nariz y una marca de viruela sobre la ceja izquierda.

Casi sin darse cuenta, sus ojos se deslizaron hasta sus labios...

Y, al ver que pasaba la punta de la lengua por ellos, el deseo fue como un puñetazo en el estómago.

–Todo esto es un juego para ti, ¿verdad?

Sienna esbozó una sonrisa.

–Quieres besarme, ¿a que sí?

Andreas apretó los dientes hasta que pensó que iba a rompérselos.

–Quiero estrangularte, no besarte.

–Atrévete a tocarme y verás lo que pasa –le advirtió ella, sin amilanarse.

Él sabía lo que pasaría, podía sentirlo en sus venas como un torpedo. No recordaba haber sentido nada así por otra mujer. Se sentía como si fuera un adolescente, incapaz de controlar sus hormonas. La dinamita no podía ser más peligrosa que Sienna Baker cuando se ponía en plan sirena.

–Aléjate de mí –le advirtió.

–Di: «Por favor».

Andreas abrió la puerta de la sala de juntas.

–Fuera.

Ella sacudió su melena.

–Si voy a alojarme en tu casa, necesitaré una llave.

–El ama de llaves te dejará entrar.

–¿Qué vas a decirle sobre nosotros?

–No suelo hacerle confidencias a mis empleados –respondió él–. Pensará que es un matrimonio normal.

Sienna frunció el ceño.

–¿Aunque no vayamos a compartir habitación?

Andreas volvió a sentir ese puñetazo en el estómago. No se le ocurría nada más tentador que rodar por su cama con las piernas de Sienna enredadas en su cintura, su cuerpo enterrado en ella hasta el fondo. Su pulso se aceleró al preguntarse cómo sería saciar un deseo que había sentido durante tanto tiempo. La tendría de una vez por todas, se dijo. Y seis meses después por fin sería inmune a sus encantos. Libre.

–No tenemos que dormir en la misma habitación cuando en la villa hay veinte dormitorios.

–¿Tan grande es?

–Es más grande que la de mi padre.

Sienna sonrió.

–Seguro que sí.

Andreas sacó la cartera del bolsillo y le dio una tarjeta de crédito.

–Ve a comprarte algo de ropa. Arréglate el pelo y las uñas... y come algo. Yo llegaré tarde, no me esperes despierta.

Sienna guardó la tarjeta en el bolso y pasó a su lado, sin tocarlo, pero lo bastante cerca como para que se le erizase el vello de la nuca.

Estaba a punto de exhalar el suspiro que había estado conteniendo cuando, de repente, ella se volvió para mirarlo.

–¿Tienes idea de por qué tu padre puso esa cláusula en el testamento?

–No, ni idea.

–Debía de odiarme...

–¿Por qué dices eso? Esto es por mí, no por ti. Mi padre me odiaba tanto como yo lo odiaba a él.

Sienna se quedó en silencio unos segundos.

–Será mejor que me vaya –dijo luego, con una sonrisa–. Tantas cosas que comprar y tan poco tiempo. *Ciao*.

Andreas cerró la puerta y se apoyó en ella, suspirando. Media hora con Sienna Baker era equivalente a estar en medio de un huracán con la única protección de un paraguas.

¿Cómo iba a aguantar los próximos seis meses?

Capítulo 3

CUANDO terminó de hacer compras, Sienna tomó un taxi para ir a la villa toscana de Andreas. La villa, de estilo renacentista, estaba a unos kilómetros de Florencia, entre acres de olivos y viñedos en la región de Chianti, famosa por sus vinos.

En la entrada de la villa había flores de todos los colores colocadas en cestas de barro... resultaba precioso, pero era un recordatorio de que Andreas había nacido en una familia rica y privilegiada. Sí, había hecho su propia fortuna diseñando muebles, pero nunca había tenido que preocuparse de pagar las facturas o de ganar un sueldo. Y era difícil no sentirse un poco celosa. ¿Por qué quería el *château* de su madre en Provenza si tenía todo aquello?

La idea de poseer una propiedad como el *château* hacía que Sienna se preguntase si tal vez debería hacerle la vida imposible para que incumpliese el acuerdo. Era un pensamiento tentador; un *château* propio, un paraíso...

No iba a dejar a Andreas en la calle, desde luego. Él tenía propiedades por todo el mundo. La villa de Florencia era su base de operaciones, pero sabía que tenía una mansión en Barbados y otra en España.

La puerta se abrió en ese momento y una mujer de

aspecto maternal que se presentó como Elena la hizo pasar.

–El *signor* Ferrante me ha dicho que llegaría esta noche y he preparado la suite rosa para usted, venga por aquí.

Sienna esbozó una sonrisa.

–Muy amable.

–No es ningún problema. Yo también fui joven una vez. Conocí a mi marido y un mes más tarde nos habíamos casado. Y sabía que el *signor* Ferrante cambiaría de opinión sobre *esa*.

–¿Sobre *esa*? –repitió Sienna.

–La princesa Portia –aclaró el ama de llaves–. Nunca estaba contenta. No le gustaba la carne, no le gustaba el queso, solo comía esto y lo otro. Me volvía loca.

–A lo mejor estaba intentando adelgazar.

Elena emitió un bufido de desaprobación.

–No era la persona adecuada para el *signor* Ferrante. Él necesita una mujer apasionada.

Sienna no podía dejar de preguntarse qué le habría contado Andreas sobre su relación. Elena parecía creer que estaban locamente enamorados...

¿Podría el ama de llaves ver lo que ella intentaba desesperadamente esconder? Aunque no seguía enamorada de Andreas. No lo amaba, lo odiaba. Pero eso no significaba que su presencia no la turbase. La turbaba y mucho.

–Parece que lo conoce muy bien.

–Es un buen hombre, generoso y trabajador. Me ayuda en los viñedos siempre que puede –respondió Elena–. ¿Lo conoce desde hace mucho tiempo?

—Sí, bueno...

—Ah, claro, leí algo en una revista. Su *mamma* solía trabajar para la familia, ¿verdad?

—Sí —respondió Sienna—. Mi madre era el ama de llaves de Guido Ferrante cuando yo era una cría. Andreas no vivía en casa entonces, pero nos encontrábamos alguna vez.

—De amigos a amantes, ¿eh? —la mujer sonrió de oreja a oreja.

—Pues... bueno, algo así.

—Ah, pero yo veo el fuego en sus ojos. Andreas será feliz con usted y tendrán muchos hijos.

Sienna sintió que le ardía la cara.

—Aún no hemos hablado de eso. Ha sido un romance muy rápido.

—Esos son los mejores —dijo Elena, con autoridad maternal—. Venga, le enseñaré su nuevo hogar. Imagino que querrá instalarse antes de que llegue el *signor* Ferrante.

Sienna siguió a la simpática ama de llaves por la villa. Era aún más grande de lo que había imaginado y habitación tras habitación, suite tras suite, todo era maravilloso y elegantemente decorado. Se le ocurrió entonces que en una villa de ese tamaño podría vivir seis meses sin ver a Andreas.

—La dejo en la suite para que se cambie de ropa —dijo Elena—. Y dejaré la cena preparada antes de irme.

—¿No vive aquí?

—No, vivo en una granja en el olivar —respondió la mujer—. Mi marido, Franco, también trabaja para el *signor* Ferrante. Si necesita algo, solo tiene que llamar por teléfono. Volveré por la mañana, alrededor de las diez. Al *signor* Ferrante le gusta estar solo. Ha vivido rodeado de criados toda la vida y entiendo que necesite su espacio.

Sienna no había pensado que estaría a solas con Andreas. Solos, pero con criados era otra cosa.

¿Podía confiar en que mantuviese las distancias? La química entre ellos era sensacional y sabía que no haría falta mucho para que explotase. A juzgar por ese momento tenso en la sala de juntas, las cosas podían ponerse muy intensas... ¿y qué haría entonces? Andreas solo tenía que mirarla de cierto modo y sus entrañas se encogían de deseo.

Y era una ironía porque el sexo nunca la había entusiasmado. Tras el rechazo de Andreas solo había salido con un par de chicos de su edad y los encuentros íntimos la dejaban fría. No había sentido nada por esos chicos, ni los chicos por ella.

Y luego, tras la humillante experiencia de encontrarse en la cama de un extraño, se había encerrado a sí misma en un matrimonio de conveniencia, un matrimonio sin amor. Antes de esa noche, cada vez que la prensa la retrataba como una desvergonzada, Sienna se reía, contenta de recibir atención aunque fuese negativa. Ella sabía la verdad sobre sí misma y eso era lo único que importaba. Pero después de aquella noche, la etiqueta contenía cierta verdad; una verdad que le encantaría poder borrar.

Después de darse una ducha y cambiarse de ropa, Sienna bajó al primer piso. La villa parecía vacía sin la simpática ama de llaves, pero comió algo y se sirvió una copa de vino, sintiéndose inquieta e irritable.

Tal vez debería haberlo pensado mejor antes de aceptar el acuerdo. Claro que no era la primera vez que su impulsiva naturaleza la metía en líos. ¿Sería demasiado tarde para dar marcha atrás?

El dinero detuvo su deseo de escapar. ¿En qué estaba pensando? Era como cualquier otro trabajo desagradable, un contrato de seis meses que pasaría enseguida. Y, a cambio, recibiría una extraordinaria cantidad de dinero.

Aparentemente, tenía la costumbre de atraer los problemas, hiciera lo que hiciera. ¿Era su destino estar a merced de circunstancias que no podía controlar? ¿Era culpa suya que su madre se hubiera quedado con ella y hubiese dado en adopción a Gisele?

Sienna no quería sentir celos de su hermana gemela, pero no podía evitarlo. Gisele había crecido teniéndolo todo: un colegio privado, fabulosas vacaciones. Había vivido en una bonita casa durante toda su infancia mientras ella iba de una a otra con su madre. Gisele no había tenido que hacer las maletas cuando su madre era despedida y había tenido unos padres que la cuidaban y la protegían...

Sienna, por otro lado, había crecido más rápido que las otras chicas de su edad. Y había aprendido muy pronto que había poca gente en la que uno pudiera confiar porque todo el mundo quería algo.

De modo que aguantaría los seis meses y le sacaría a Andreas todo el dinero posible antes de decirle adiós.

Para siempre.

Estaba tomando su segunda copa de vino cuando oyó el rugido del motor del coche de Andreas. Su veloz coche y su estilo de vida era algo que siempre la había atraído. Seguramente, él nunca había tenido que empujar un coche en su vida, o hacer su propia cama o ponerse mantequilla en la tostada. Había nacido entre algodones, comiendo en platos de porcelana y bebiendo en copas de fino cristal. Tenía todo lo que el dinero podía comprar y más.

Cómo lo odiaba por ello.

Andreas entró en la villa y encontró a Sienna tumbada en el sofá de piel, con una copa de vino en una mano y el mando de la televisión en la otra. Llevaba el pelo sujeto en una coleta, un ajustado pantalón negro de yoga y una camiseta rosa sin mangas. Iba descalza y parecía tan joven y tan sexy que tuvo que tragar saliva.

–¿Un día duro en la oficina? –le preguntó Sienna, sin molestarse en mirarlo mientras cambiaba de canal.

Andreas empezó a aflojar el nudo de su corbata.

–Podríamos decir que sí –respondió, quitándose la chaqueta para dejarla sobre el brazo del sofá–. Veo que te has puesto cómoda.

Sienna tomó un sorbo de vino antes de responder:

–Lo he pasado en grande. Tienes un vino estupendo, por cierto.

–Es de los viñedos de la finca.

–Y también me gusta tu ama de llaves, ya nos hemos hecho amigas.

–Se supone que no debes hacerte amiga de los empleados –dijo Andreas.

Sienna apagó el televisor y se volvió para mirarlo.

–¿Por qué no? ¿Porque podrían olvidar su sitio y tratarte con demasiada familiaridad?

Él dejó escapar un largo suspiro.

–Son empleados, no amigos. Hacen un trabajo y se les paga por ello. No se les pide nada más.

Sienna se levantó del sofá, mirándolo con esos ojos tan brillantes, y Andreas tuvo que hacer un esfuerzo para no tomarla entre sus brazos y demostrarle cuánto la deseaba. Pero había decidido que la tendría cuando él lo decidiera, no porque Sienna pudiese manipularlo a placer.

–¿Has cenado?

–¿Qué es esto? ¿Ahora vas a hacer el papel de amante esposa?

Ella se encogió de hombros.

–Solo intentaba ser amable. Pareces cansado.

–Tal vez sea porque no he pegado ojo desde que conocí el testamento de mi padre –dijo Andreas, acercándose al bar para servirse una copa de la botella que Sienna había abierto–. Ya tengo la licencia de matrimonio, de modo que podemos casarnos el próximo viernes.

–Te mueves rápidamente cuando quieres algo, ¿eh, niño rico?

–No tiene sentido esperar. Cuanto antes nos casemos, antes podremos divorciarnos.

–Ah, un buen plan.

–¿Qué quieres decir con eso?

–Lo que he dicho. Parece que lo tienes todo estudiado.

–Así es –asintió él–. Nos casaremos y luego, dentro de seis meses, nos divorciaremos. Así de sencillo.

–¿Qué le has contado a Elena sobre nosotros?

–Nada, aparte de que vamos a casarnos lo antes posible.

–Debes de haberle dicho algo más que eso –insistió Sienna, mientras jugaba con su coleta.

–¿Por qué dices eso?

–Porque parece creer que estamos enamorados.

–La gente suele casarse enamorada.

Los dos se quedaron en silencio unos segundos.

–¿Estabas enamorado de Portia Briscoe? –le preguntó Sienna entonces.

Andreas frunció el ceño.

–¿Qué clase de pregunta es esa?

Ella inclinó a un lado la cabeza.

–No, creo que no estabas enamorado. Creo que te gustaba y que era la persona adecuada: una chica de buena familia que sabía qué cubierto usar en cada ocasión, que vestía bien y siempre tenía el pelo en su sitio... ¿pero enamorado de verdad? No, no lo creo.

–Mira quién habla de amor –replicó Andreas–. Tú no estabas enamorada de Brian Littlemore. Apenas lo conocías cuando te casaste con él.

–Te equivocas, lo conocía muy bien –replicó Sienna–. Lo conocí antes de que su mujer muriese.

Andreas lanzó un bufido.

–Y, sin duda, también entonces te abrías de piernas para él. ¿Te pagaba o se lo dabas gratis para tenerlo a tu disposición?

Sienna clavó en él una mirada venenosa.

–Tienes una mente muy sucia, niño rico. Juzgas a la gente desde tu torre de marfil, como si tuvieras derecho a hacerlo... pero Brian era un hombre decente y con un gran corazón. Tú no tienes corazón, lo que tienes dentro del pecho es una piedra.

Andreas tomó un sorbo de vino.

—Tanta lealtad a tu difunto marido es enternecedora, *ma chérie*. Pero me pregunto si serías tan leal si supieras que tenía otra amante mientras estaba casado contigo.

Sienna se volvió para tomar su copa de la mesa.

—El nuestro era un matrimonio abierto —dijo, sin mirarlo—. Los dos teníamos libertad para hacer lo que quisiéramos, mientras fuésemos discretos.

Andreas se preguntó si debería haber sido tan crudo. En la prensa no había salido nada sobre los devaneos de su difunto marido, lo había oído en alguna parte y no de una fuente muy fiable. Pero, si estaba disgustada o dolida, lo escondía bien. Ni su expresión ni su tono dejaban ver que le hubiera hecho daño.

—¿Sabías lo de su amante?

—Sí, lo sabía desde el principio.

—¿Y te casaste con él de todas formas?

Sienna lo miró a los ojos.

—Lo hice por el dinero. La misma razón por la que voy a casarme contigo.

Andreas apretó los dientes, airado. Era tan descarada sobre sus motivos... ¿no le daba vergüenza? ¿No tenía el menor respeto por sí misma?

Y entonces se hizo otra pregunta: ¿lo haría quedar en ridículo mientras estaban casados? No tenía el menor decoro y era tan egoísta como de adolescente.

Haría cualquier cosa para sacar lo que pudiera de aquella situación.

—Ya que hablamos de dinero, quiero dejar un par

de cosas bien claras desde el principio: durante la duración de nuestro matrimonio no toleraré que hagas nada que dé lugar a especulaciones o cotilleos. Si no te comportas, habrá consecuencias. ¿Lo entiendes?

Ella lo miró con gesto insolente.

–Perfectamente.

–No voy a dejar que me hagas quedar en ridículo, saltando de cama en cama. Eso significa nada de fotos y nada de cintas de vídeo en Internet. ¿Está claro?

Sienna se puso colorada... de rabia, pensó Andreas, al recordar el incidente por el que su hermana gemela lo había pasado tan mal.

Cuando supo que su hermana había hecho las paces con su prometido lo que más lo sorprendió fue que Sienna no hubiera dicho nada. Para ser justo, ella no sabía que tenía una hermana gemela, pero era típico de Sienna no hacerse responsable de sus actos. Le daba igual quién sufriera por su comportamiento. Iba por la vida sin pensar en nadie más que en sí misma.

–No habrá ningún problema.

–Eso espero.

Sienna se dio la vuelta para vaciar la copa antes de dejarla sobre la mesa.

–¿Alguna cosa más?

Andreas apretó los labios. Ese tono dolido era nuevo para él. ¿Cómo lo hacía? ¿Cómo era capaz de darle la vuelta a la situación para hacer que él pareciese el villano?

–Si te sirve de consuelo, tampoco yo daré lugar a habladurías. Solo serán seis meses y dicen que el celibato te da energía y aguza el intelecto.

Sienna sonrió.

–¿Crees que aguantarás?

–Iremos día a día –respondió él, mirándola de arriba abajo.

–Pues buena suerte.

Andreas volvió a llenar su copa de vino y tomó un par de sorbos antes de mirarla.

–Por cierto, te agradecería que comprases ropa adecuada para la boda. No creo que un pantalón vaquero sea apropiado, por bien que te quede.

Ella enarcó una ceja.

–Oh, vaya, un halago del imponente *signor* Ferrante. No doy crédito.

–¿De qué estás hablando? Yo siempre te he dicho piropos.

–Recuérdame uno –lo retó ella–. Me falla la memoria.

–El día que fuiste a ese baile del colegio a los dieciséis años. Llevabas un vestido de color rosa chicle y te dije que estabas muy guapa.

–Dijiste que parecía una tarta.

Andreas esbozó una sonrisa.

–¿De verdad?

–Sí.

–Bueno, seguramente quería decir que estabas para comerte.

El aire pareció cargarse de tensión.

–Pues deberías tener más cuidado con tu dieta. Demasiado azúcar es malo para la salud.

–Sí, pero de vez en cuando está bien tomar lo que te gusta, ¿no te parece?

–Solo si sabes controlarte –replicó ella, con un aire altivo que le pareció increíblemente sexy–. Para algunas personas, probar un poco no es suficiente. No pueden tomar solo un trocito de chocolate, tienen que comerse toda la tableta.

De nuevo, Andreas la miró de arriba abajo.

—Evidentemente, no hablas por experiencia. Podría abarcar tu cintura con una sola mano.

—Buenos genes, imagino.

Él asintió con la cabeza.

—¿Qué vas a decirle a tu hermana sobre este matrimonio?

—No lo sé, no quiero mentirle, pero tampoco quiero que se preocupe por mí. Por ahora, lo mejor será atenernos al guion.

—Entonces, deberíamos ponernos de acuerdo sobre ciertos detalles. Por ejemplo, cómo nos enamoramos tan rápidamente.

Sienna hizo una mueca.

—¿Crees que alguien va a creer que te has enamorado de mí? Tú y yo no tenemos nada en común. Yo soy la hija de una limpiadora, tú eres un niño rico. Los hombres como tú no se casan con pordioseras como yo, eso solo ocurre en los cuentos de hadas.

Andreas frunció el ceño.

—Que no provengas de una familia acaudalada no tiene nada que ver.

—¿Ah, no? –replicó ella, irónica.

Andreas se sintió absurdamente culpable. Tal vez porque sabía que, en cierto modo, tenía razón.

—Mira, sé que hemos tenido problemas en el pasado, pero estoy dispuesto a intentar que nos llevemos bien.

Ella se mordió el labio inferior de un modo casi infantil, un gesto que le resultó extraño.

—¿Estás diciendo que me perdonas?

—No, yo no diría eso. Lo que hiciste fue imperdonable.

—Lo sé.

Andreas decidió no creerla. Estaba jugando con él, intentando apelar a su generosa naturaleza, pero tras esa cara de niña buena había una manipuladora nata cuya misión en la vida era conseguir una fortuna. Podría haber engañado a su padre, pero no iba a engañarlo a él.

Andreas tomó la chaqueta del brazo del sofá.

—Voy a estar muy ocupado durante estos días. Espero que no te metas en líos hasta el viernes.

—Seré un pedazo de pan —dijo Sienna.

Él esbozó una irónica sonrisa.

—Pero solo una rebanada, ¿eh?

Capítulo 4

A LA MAÑANA siguiente, cuando Sienna bajó de su habitación después de ducharse, no había ni rastro de Andreas. Elena aún no había llegado, de modo que tuvo tiempo para hacerse algo de desayuno en la cocina y pasear un rato por la casa.

Después, salió a la terraza, cubierta por una pérgola llena de glicinias, sintiendo el calor de las piedras en los pies descalzos. Se sentó en una silla de hierro forjado y miró alrededor, fascinada...

Había docenas de tonalidades de verde y la misma cantidad de fragantes aromas en el jardín.

Por impulso, volvió al interior de la casa para buscar su cámara fotográfica. Era una simple cámara digital, pero capturaba buenas imágenes y perdió la noción del tiempo mientras exploraba el jardín.

Estaba fotografiando unos pájaros sobre un arbusto cuando vio un perro a lo lejos. Sienna bajó la cámara y se puso la mano sobre los ojos a modo de pantalla. Parecía estar solo y, por lo flaco que era, debía de estar muerto de hambre.

Sienna se colgó la cámara en la muñeca y dio un paso adelante.

—Hola, bonito —lo llamó—. Ven aquí, no voy a hacerte daño.

El perro la miraba con desconfianza, pero Sienna no se asustó. Inclinándose, alargó su mano para que la oliese y el animal se acercó un poco moviendo ligeramente la cola.

—Buen chico.

Cuando estaba a punto de agarrar al perro por el collar para ver si llevaba alguna identificación, sonó un ruido tras ellos y el animal salió corriendo.

—Serás tonta. ¡Podría haberte mordido! —exclamó Andreas.

—No iba a morderme.

—Es un perro vagabundo. Franco debería haberle pegado un tiro hace días.

Sienna se incorporó de un salto.

—¡Pero si lleva un collar! Debe de ser de alguien. A lo mejor se ha perdido y no encuentra el camino de vuelta a casa.

—Es un chucho lleno de pulgas.

Sienna lo fulminó con la mirada.

—Ah, claro, y en esta casa solo pueden entrar perros con pedigrí. Serás imbécil...

Andreas la sujetó por la muñeca cuando iba a pasar a su lado.

—No deberías andar por ahí sin zapatos. ¿Es que no tienes sentido común?

Sienna intentó soltarse, pero él no la dejó. Al sentir el roce de sus duras manos en la muñeca, su estómago dio un saltito y, sin darse cuenta, clavó la mirada en sus labios. Aún no se había afeitado y la sombra de barba en su mandíbula la hizo sentir un escalofrío. Olía a hombre, a calor y trabajo, un olor potente que despertó sus sentidos. ¿Se daría cuenta de cuánto la afectaba? ¿Podría sentirlo? ¿Era por eso por lo que la miraba con ese brillo en los ojos?

–¿Qué te importa a ti? –le espetó–. Preferirías que estuviera muerta, ¿no?

–No digas tonterías –respondió Andreas–. ¿Por qué iba a querer que estuvieras muerta?

–Porque entonces heredarías automáticamente el *château* y no tendrías que casarte con una mujer a la que odias.

–Tú también me odias a mí, de modo que estamos en paz. ¿O es que escondes un secreto afecto por mí?

Sienna lo fulminó con la mirada.

–Estás loco.

Andreas tiró de ella hasta aplastarla contra su torso.

–Te gusta retarme, ¿verdad, *cara*? Te gusta tener poder sobre los hombres, es como una droga para ti ver cómo caen a tus pies.

–No digas bobadas...

–No son bobadas –la interrumpió él–. Pero te lo advierto: yo no voy a dejar que juegues conmigo. Te tendré en mis términos, cuando yo quiera.

Sienna se echó hacia atrás, pero la parte inferior de su cuerpo estaba pegada a él y, al notar la erección masculina rozando su estómago, sintió una oleada de calor. Su corazón enloqueció en ese momento, el extraño cosquilleo que sentía entre las piernas impidiendo que se apartase.

Andreas la miró a los ojos en un momento de suspense sensual que aceleró aún más su corazón. Preguntándose si iba a besarla, Sienna se pasó la lengua por los labios, intentando imaginar cómo sería un beso de Andreas Ferrante...

–¡Maldita seas! –Andreas se apartó de golpe–. ¡Vete al infierno!

Sienna se llevó una mano al corazón mientras lo veía alejarse hacia la casa. Estaba mareada, temblando.

Miró su muñeca, de la que colgaba la cámara... no le había hecho daño, pero la marca de los dedos de Andreas era visible en su delicada piel.

Se había metido en un aprieto, pensó.

Sienna no vio a Andreas hasta la tarde antes de la boda. Elena le dijo que había tenido que salir urgentemente de viaje a Milán, pero ella se preguntaba si estaba manteniendo las distancias a propósito hasta que fuera inevitable.

Los días pasaban y Sienna evitaba las llamadas de Gisele y Kate, en Londres. Había logrado convencer a su hermana de que estaba locamente enamorada de Andreas y deseando casarse con él. Como la boda de Gisele tendría lugar en unas semanas, su hermana no podía ir a Florencia, pero Sienna insistió en que sería una ceremonia íntima, sin invitados, para que la prensa los dejase en paz.

Kate no había creído la historia, pero romántica empedernida como era, estaba convencida de que Andreas querría que siguieran juntos para siempre.

Sienna no quería quitarle esa ilusión, pero la negativa de Andreas a perdonarla no era el único obstáculo en su relación. Por supuesto, ella había dejado atrás el sueño de que la amase algún día. En cuanto a enamorarse de él... no, eso no iba a pasar.

Sienna fue de compras un par de veces, escoltada por Franco, que llevaba sus bolsas y esperaba pacientemente en el coche mientras ella se arreglaba el pelo o recibía un tratamiento facial.

También fue al bufete del abogado para firmar un acuerdo de separación de bienes. Sienna sabía que era lo más lógico en los matrimonios modernos y mucho más en aquel, pero le dolía que Andreas no confiase en ella. Claro que no tenía razones para confiar.

El resto del tiempo lo pasó intentando hacerse amiga del perro, a quien había llamado Scraps. Poco a poco, el animal había ido tomando confianza y aceptaba que le diera comida, pero aún no dejaba que lo tocase. Sienna estaba dispuesta a ser paciente y había hecho prometer a Franco que no le haría daño, aunque Andreas ordenase lo contrario.

Acababa de darle de comer y lo había instalado en el establo cuando oyó el rugido del deportivo de Andreas subiendo por el camino.

Lo vio estirarse mientras salía del coche, aflojando el nudo de su corbata. Llevaba remangada la camisa, mostrando sus fuertes antebrazos, la chaqueta colgada al hombro y el maletín en la otra mano.

–¿No se supone que da mala suerte ver a la novia antes de la boda?

–Eso es el día de la boda –respondió Sienna–. La noche anterior no cuenta.

–Me alegra saberlo –dijo él, sus pasos sonando sobre la gravilla del camino–. Elena me ha dicho que has hecho una nueva conquista.

–Imagino que se refería a Scraps. Acabo de llevarlo a su casita.

–¿Scraps?

–Es un nombre corto y fácil.

–Muy original.

–Eso he pensado yo.

Andreas le hizo un gesto para que lo precediese hasta el interior de la casa.

–¿Qué tal la semana?

–He ido de compras –respondió ella–. Gracias por la tarjeta de crédito, por cierto. A Franco le gusta mucho hacer de chófer, creo que deberías encargarle un uniforme.

Andreas cerró la puerta y dejó las llaves sobre una mesita en el pasillo.

–He encargado un coche para ti. Llegará la semana que viene.

–Espero que sea un deportivo italiano –dijo Sienna, solo para irritarlo–. Seré la envidia de todas mis amigas.

Él suspiró, frustrado.

–Te llevará de un sitio a otro... si eres capaz de conducir de manera responsable. Y, a juzgar por lo que haces con tu vida personal, yo no apostaría nada.

–Perdona, pero soy una conductora muy responsable –replicó ella–. Nunca he tenido un accidente y ni siquiera me han puesto una multa. Bueno, alguna multa de aparcamiento, pero esas no tienen importancia.

–Ah, entonces tienes por costumbre quedarte más de lo que deberías –bromeó Andreas–. Lo tendré en cuenta.

Sienna lo miró, altiva.

–Si crees que voy a quedarme aquí un minuto más de lo necesario, estás muy equivocado.

Él la fulminó con sus ojos pardos. Parecían más

castaños que verdes a la luz de la lámpara, pero últi-
mamente había notado que cambiaban de color depen-
diendo de su estado de ánimo.

–No quiero ninguna complicación y tú, *cara*, eres
un imán para las complicaciones.

Solo Andreas podía hacer que una palabra cariñosa
sonase como un insulto, pensó Sienna. Pero debía admitir que tenía razón. Otras personas tenían una vida
tan sencilla, sin problemas... ella, en cambio, parecía
saltar de un problema a otro desde que nació. Era
como una maldición.

Nacida fuera del matrimonio, era hija de un hombre
casado que había dejado embarazada a su madre y había
comprado su silencio por una suma de dinero...

Una maldición, desde luego.

Sienna se dio cuenta entonces de que Andreas seguía mirándola.

–¿Vas a ofrecerme una copa o me la sirvo yo?

–Ah, perdona. ¿Qué quieres tomar?

–Una copa de vino blanco de tus viñedos. Es el que
más me gusta.

Él le ofreció la copa, pero cuando Sienna alargó la
mano frunció el ceño al ver marcas en sus muñecas.

–¿Qué te ha pasado en la muñeca?

–Nada.

Andreas dejó la copa sobre la mesa para tomar su
mano.

–¿Esto te lo hice yo?

–No es nada –insistió ella–. Es que me salen marcas enseguida.

Se le encogió el estómago cuando él pasó la yema
de los dedos sobre la suave piel.

–Perdóname –dijo Andreas entonces, con una voz tan profunda que parecía salir del suelo–. ¿Te duele?

–No.

Sienna no estaba acostumbrada a ese lado tierno de Andreas y verlo así hacía que se derritiera por dentro. Algo muy peligroso que no podía permitir y, que sin embargo, no era capaz de controlar.

Él se llevó su mano a los labios, despertando una tormenta de emociones. Sus ojos eran más oscuros que nunca...

–No volverá a pasar, te lo prometo. No tienes ninguna razón para temerme mientras vivas bajo mi techo.

–Muy bien –asintió Sienna, apartando la mano–. Aunque nunca me has dado miedo.

–No, ya lo sé –dijo Andreas, estudiándola atentamente.

Ella tomó la copa de vino, intentando fingir una tranquilidad que no sentía.

–Imagino que no habrá luna de miel, ¿verdad?

–Al contrario, he pensado que podríamos ir a Provenza. Es una oportunidad perfecta para ver cómo está el *château*. Hace unos años, mi padre contrató a un matrimonio para que lo atendiese y quiero ver si lo han hecho.

–¿Por qué no vas solo? –sugirió ella–. No necesitas que yo vaya contigo. Seguramente molestaré o diré algo inapropiado, ya me conoces.

–Sienna, vamos a casarnos mañana –le recordó Andreas–. Sería muy raro que me fuera solo a Provenza después de la boda, ¿no te parece?

–¿Y qué pasará con Scraps? No puedo dejarlo aquí.

Acabo de conseguir que confíe en mí... y seguramente no aceptaría comida de Franco o Elena. Se moriría de hambre –protestó Sienna.

Él dejó escapar un suspiro.

–¿De verdad ese chucho es tan importante para ti?

–Sí –respondió ella–. Nunca he tenido una mascota. No me dejaban tenerla porque vivía en casas que no eran mías. Además, los perros no te juzgan, te quieren seas como seas y tengas el dinero que tengas. Les da lo mismo que vivas en una mansión o en una caravana y yo siempre he querido... –Sienna no terminó la frase.

¿Qué estaba haciendo? ¿Por qué le contaba cosas tan íntimas precisamente a Andreas?

Él la miraba, pensativo. Y parecía ver más de lo que ella quería que viese.

De modo que se encogió de hombros mientras tomaba un sorbo de vino.

–Ahora que lo pienso, Elena podría darle de comer. De todas formas no podré llevármelo conmigo cuando me marche de aquí y será mejor no encariñarme demasiado.

–¿Por qué no puedes llevártelo? Dentro de seis meses tendrás dinero.

–Quiero viajar –dijo ella entonces, apartando la mirada–. Dentro de seis meses tendré dinero suficiente para viajar donde quiera y eso es lo que he soñado siempre. No tener responsabilidades es lo que yo llamo una vida perfecta.

–A mí me parece una vida vacía –replicó Andreas–. ¿Eso es lo único que quieres de la vida, unas vacaciones permanentes?

–Sí, eso es lo que quiero. Dame una fiesta diaria... mientras otra persona pague por ella, claro.

Él apretó los labios, airado.

–¿Cómo puedes ser tan superficial?

–Yo soy así –respondió Sienna, tomándose el resto del vino–. ¿Me sirves otra copa?

Andreas la miró, disgustado.

–Sírvetela tú misma –le espetó antes de salir del salón, cerrando de un portazo.

A la mañana siguiente, Elena llegó más temprano de lo habitual para ayudar a Sienna a vestirse. Se movía de un lado a otro, nerviosa, diciéndole lo guapa que estaba mientras la ayudaba a ponerse un vestido de color crema que había costado más de lo que Andreas podría imaginar.

–El *signor* Ferrante se va a quedar de piedra.

Sienna intentó sonreír.

–Estoy deseando que termine la ceremonia. Tengo los nervios agarrados al estómago.

–Es normal, le ocurre a todas las novias –dijo Elena.

Sienna no se sentía como una novia, se sentía como un fraude. Y cuando pensó en su hermana gemela preparando su boda con Emilio sintió una punzada de dolor. Cuando era niña, había soñado con una gran boda, con una iglesia llena de flores, damas de honor y niños llevando las arras. Había visto una carroza con lacayos uniformados como en el cuento de *Cenicienta*. Había imaginado que su apuesto marido levantaría su velo y la miraría con los ojos llenos de amor...

Pero sus sueños y la realidad nunca habían tenido nada que ver.

–Vamos –dijo Elena–. Franco ha traído el coche a la puerta. Es hora de irse.

Andreas estaba esperando al pie de la escalera cuando Sienna bajó de la habitación.

En realidad, no sabía qué esperar. Conociéndola, había temido que apareciese con unos vaqueros de diseño o una falda ridículamente corta. Lo que no había esperado era aquel vestido de satén en color crema, tan elegante y sencillo al mismo tiempo que lo dejó sin aire.

Llevaba el pelo sujeto en un clásico moño francés que dejaba al descubierto su largo cuello, con un maquillaje discreto que destacaba la luminosidad de sus ojos, los altos pómulos y los labios adornados con un toque de brillo.

Lo único que faltaba era una joya.

Andreas sintió una punzada de remordimiento. Debería haberle comprado algo, pero había pensado que Sienna lo vendería y se lo gastaría en alguna estupidez.

–Estás preciosa –le dijo–. Nunca había visto a una mujer más bella.

–Es asombroso lo que puede hacer un poco de dinero –replicó Sienna–. No voy a decirte lo que han costado el vestido y los zapatos.

Andreas la tomó del brazo cuando llegó al pie de la escalera.

–Al menos, llevas zapatos. Me preguntaba si aparecerías descalza.

–Estos son de los que yo llamo «del coche a la barra». No son para caminar, a menos que quieras terminar con los pies deformados.

Andreas notó que Elena y Franco los miraban como si fueran los orgullosos padres de la novia. En una semana, Sienna había logrado encandilarlos. Se le daba muy bien hacer creer a la gente que era una chica encantadora cuando, en realidad, bajo esa amistosa fachada había una mujer fría y calculadora que, como el perro vagabundo al que había amadrinado, podía morder cuando menos lo esperabas.

–¿Os importa esperar fuera un momento? Tengo que darle algo a Sienna antes de marcharnos.

–Sí, *signor* Ferrante.

–Ven –Andreas tomó a Sienna del brazo para llevarla al estudio–. Tengo algo para ti.

–Estos zapatos me están matando y acabo de ponérmelos –protestó ella.

–No tardaremos mucho.

–¿Me has comprado un regalo?

–No –respondió él, abriendo la caja fuerte para sacar un collar de perlas y diamantes con pendientes a juego–. Esto es un préstamo.

–¡Es precioso! –exclamó Sienna–. Pero, si lo compraste para tu ex, olvídalo. Prefiero no ponérmelo.

Andreas sacó el collar de su cama de terciopelo marrón.

–Era de mi madre, lo llevó el día de su boda.

–No creo que a tu madre le gustase que me lo prestaras precisamente a mí. En estas circunstancias sería un poco raro, ¿no te parece?

Él la miró a los ojos.

–Todas las novias de mi familia lo han llevado.

–Si insistes... no quiero cargarme la tradición.

Andreas le puso el collar, pero le temblaron un poco los dedos cuando entraron en contacto con su piel.

–Hueles muy bien. ¿Es un nuevo perfume?

–Sí, carísimo –respondió Sienna.

–Era de esperar –murmuró él.

–Si querías que me ajustase a un presupuesto, deberías habérmelo dicho –replicó ella, volviéndose para mirarlo.

–No, en realidad creo que te has gastado una cantidad muy discreta. Claro que aún es pronto.

Sienna se puso los pendientes y lo miró, con una sonrisa en los labios.

–¿Qué tal estoy?

–Guapísima.

–Gracias. Una chica como yo no se casa todos los días con un multimillonario y quiero disfrutar de cada minuto.

Andreas abrió la puerta, apretando los dientes.

«No si yo puedo evitarlo», pensó mientras Sienna salía delante de él.

Sienna había pensado que su boda con Brian Littlemore había sido fría e impersonal, pero el servicio religioso que Andreas había organizado fue aún peor. Estaban solos en una sala del ayuntamiento y, aparte de Elena y Franco que actuaban como testigos, solo había algunos paparazzi. Y las promesas matrimoniales no tenían nada que ver con las que Sienna había compuesto en sus sueños.

–Puede besar a la novia –dijo el celebrante.

–No creo...

Andreas se acercó un poco más, apretando la mano en la que acababa de poner la alianza.

–Relájate, *ma chérie* –murmuró–. Este es para las cámaras.

–¿Qué cáma...?

Sienna vio un destello, pero no era el de una cámara. En cuanto Andreas rozó sus labios, sintió que el suelo se hundía bajo sus pies. El mundo pareció girar al revés...

Sus labios eran firmes, pero suaves.

Cálidos y secos.

Sabía a... no estaba segura. Era algo que nunca había probado antes y que, sin embargo, resultaba increíblemente adictivo.

Y quería más.

Necesitaba más.

Sin pensar, puso las manos sobre su torso y, al hacerlo, sintió los fuertes latidos de su corazón. Era cálido, masculino, vital, potente.

Notó el roce de su lengua en la comisura de sus labios, un roce que no pedía permiso para entrar, sino que lo exigía.

Y se abrió para él dejando escapar un gemido...

–Ejem... –el celebrante se aclaró la garganta–. Tengo otra ceremonia en cinco minutos.

Sienna dio un paso atrás, su corazón galopando como un caballo de carreras. Sentía un cosquilleo en los labios, hinchados por el beso, y cuando miró los ojos oscurecidos de Andreas vio un destello... pero esta vez sí era una cámara.

—Parece que es la hora del espectáculo —dijo él, tomando su mano.

Las emociones de Sienna eran un torbellino que no quería analizar. Había respondido al beso de Andreas olvidándose de todo lo demás... era como si el resto del mundo hubiera desaparecido en ese momento. Y no quería que esa sensación terminase. De hecho, seguía temblando después del asalto sensual a sus sentidos.

Pasó al menos una hora antes de que pudiese escapar y le dolía la cara de sonreír, la cabeza y los pies, por culpa de los malditos zapatos, cuando por fin subieron al coche para volver a la villa.

—Ha ido bastante bien —dijo Andreas, mientras levantaba la mampara de cristal que los separaba de Franco.

—¿Tú crees? —Sienna se miró los pies—. ¡Qué horror, tengo una ampolla!

—Elena habrá preparado una cena íntima en la villa. Es una romántica empedernida, de modo que habrá que seguirle la corriente.

—Me recuerda a Kate, mi compañera de piso en Londres —dijo ella, apoyando la cabeza en el respaldo del asiento—. Kate cree que te enamorarás de mí y me suplicarás que me quede contigo para siempre.

—Espero que sepas que eso no va a pasar.

—Por supuesto —asintió Sienna, haciendo una mueca—. Y yo no me quedaría contigo por todo el oro del mundo.

Andreas sonrió, irónico.

—Si el precio fuese el adecuado, te quedarías.

Ella giró la cabeza para mirarlo.

—Ni siquiera tú tienes suficiente dinero para comprarme, niño rico —le espetó—. No me interesas en absoluto.

—¿Y entonces el beso?

Sienna se irguió en el asiento, fulminándolo con la mirada.

—Ha sido culpa tuya. Yo estaba preparada para la fría ceremonia que habíamos acordado y entonces, de repente, me das un beso... Ha sido un golpe bajo.

Andreas miraba sus labios de tal forma que volvió a sentir ese cosquilleo...

—Ha sido un buen beso. Y ahora entiendo que tengas esa reputación de devorahombres. Tus labios son deliciosos...

—Mis labios no deberían interesarte —lo interrumpió ella—. Se supone que debemos cumplir los términos del acuerdo y, que yo sepa, el acuerdo no incluye besos.

—Siempre podríamos cambiar los términos de ese acuerdo. Después de todo, seis meses es mucho tiempo para permanecer célibes.

—Para mí no.

Las palabras quedaron suspendidas en el aire por un momento.

—¿Cuándo fue la última vez? —le preguntó Andreas por fin.

Sienna sintió el peso de su mirada, pero no se dejó amilanar.

—¿A qué te refieres?

—No tienes ni idea, ¿verdad? ¿Conocías el nombre de todos los hombres con los que te has acostado?

–No todos –respondió ella, con falsa despreocupación–. Algunos hombres no exigen una presentación formal antes de acostarse contigo.

Andreas dejó escapar un suspiro de disgusto.

–¿Es que no tienes ningún respeto por ti misma?

–Me respeto mucho –respondió ella–. Podría haber aceptado el ofrecimiento de tu padre, pero sé que tú pagarás mucho más para conseguir el *château*. Lo deseas. Lo deseas tanto que harás lo imposible para evitar que me lo quede yo.

Andreas apretó los dientes.

–Desde luego que sí. Haré lo que tenga que hacer para conservarlo, Sienna –murmuró–. Luego no digas que no estás advertida.

Capítulo 5

EN CUANTO el coche se detuvo frente a la villa, Andreas quiso alejarse de Sienna pero, por Franco y Elena, se vio obligado a hacer el papel de marido enamorado y eso incluía atravesar el umbral con Sienna en brazos.

Ella dejó escapar un gemido.

—¿Qué haces? —exclamó.

—Da mala suerte no entrar en casa con la novia en brazos —respondió él mientras atravesaba el umbral.

Sienna le echó los brazos al cuello, sus pechos rozando el torso de Andreas, su perfume envolviéndolo. Intentó no mirar su boca, intentó no recordar lo que había sentido al besarla, pero su sabor se había quedado con él. Era una potente poción, tan adictiva como una droga. Probarla una vez no era suficiente, nunca sería suficiente. Pero siempre lo había sabido. Había luchado contra ello durante mucho tiempo... el deseo de tenerla había sido parte de su vida durante muchos años y no sabía cómo controlarlo. Era un dolor que no se iba, por mucho que se distrajera, por mucho que intentase controlarlo.

La deseaba, pensó mientras la dejaba en el suelo.

La deseaba y la tendría.

La oyó contener el aliento y vio que sus pupilas se dilataban cuando sus ojos se encontraron. La barrera de la ropa no era barrera en absoluto; al contrario, era como si estuvieran desnudos.

–¿Era necesario? –le preguntó ella.

–Por supuesto –respondió Andreas–. Elena y Franco están mirando.

–Nadie está mirando ahora, de modo que podemos volver a pelearnos como siempre.

Andreas sonrió, deslizando una mano hasta su trasero.

–¿Por qué tanta prisa, *ma petite*? Me gusta abrazarte. Y a ti también te gusta, ¿verdad?

Sus ojos eran piscinas de un tormentoso azul.

–Esto no era parte del plan –dijo ella, pero no dio un paso atrás. Al contrario, se acercó un poco más.

–¿No? Lo habías planeado desde el principio. Quieres que me lo piense dos veces antes de romper este matrimonio –Andreas capturó su mano para llevársela a los labios, viendo cómo sus ojos se oscurecían de deseo–. ¿Y qué mejor manera que llevándome a tu cama lo antes posible?

–Yo no he planeado nada –replicó Sienna, sin aliento–. No quiero seguir casada contigo cuando pasen los seis meses.

Andreas besó sus dedos, con las uñas pintadas de un rosa pálido. Estaban tan cerca que podía sentir el calor de su cuerpo. Olía a verano, a jazmín, a madreselva y a tentación. El roce de su piel no debería afectarlo de ese modo, pero era como si hubiera metido la mano bajo su pantalón para tocarlo...

Andreas inclinó la cabeza para besarla por segunda vez ese día y, por segunda vez en su vida, fue como estar en medio de un terremoto.

Sabía dulce, a algo prohibido. No se cansaba de ella. La besaba con avaricia, como una bestia salvaje y hambrienta.

Se sentía como un hombre primitivo. No sabía que pudiera perder el control con un beso hasta que sus lenguas empezaron a bailar el tango más sexy...

El deseo lo abrumó de tal forma que pensó que iba a explotar. Sintió que ella mordía su labio inferior y le devolvió el mordisco, deseándola como no había deseado nada en toda su vida.

Sujetando su nuca con una mano, enterró los dedos en su pelo mientras exploraba su boca con una pasión que los dejó a los dos sin aliento. Luego, jadeando, acarició su pecho con una mano, la dura cumbre apretándose contra su palma. Era tan femenina, tan suave que el deseo golpeaba su vientre.

La quería desnuda.

Quería tocar su sedosa piel, cada centímetro de ella. Quería saborear su femenina humedad, mover los labios y la lengua hasta hacerla gritar de placer. Quería enterrarse en ella, sentir que lo agarraba contrayéndose a su alrededor.

Empezó a levantar la falda de su vestido, pero de repente Sienna dio un paso atrás, cruzando los brazos sobre el pecho.

–Lo siento, Andreas, no quiero seguir.

–¿Son estas tus tácticas de seducción? –le espetó él, demasiado excitado como para pensar con claridad–. ¿Tentar a un hombre para luego echarte atrás?

Sienna se ruborizó.

–Eres tú quien me ha besado.

–Pero me ha dado la impresión de que a ti también te gustaba.

–No sabía qué iba a pasar cuando me besaras –le confesó ella–. Pero tal vez deberías guardarte los besos para ti mismo durante el resto del tiempo que estemos juntos.

–Ah, pero eso no sería divertido, ¿verdad, *ma belle*? Me gusta mucho besarte... de hecho, me gusta mucho más de lo que había esperado.

Ella lo retó con sus increíbles ojos azul grisáceo, como un océano en medio de una tormenta.

–Entonces tendrás que satisfacer tu apetito en otra parte. No voy a ser la amante de un hombre rico.

–No eres mi amante, eres mi mujer.

–Para mí, es lo mismo.

Andreas tuvo que disimular su frustración. Había estado jugando con él desde el principio y él había sido un tonto por caer en la trampa. Sienna sabía cuánto la deseaba porque no podía esconderlo.

Y ella lo deseaba también. Habría que estar ciego para no verlo.

Y no descansaría hasta que la tuviera donde quería.

Donde siempre la había querido.

Sienna era la única mujer que podía hacerlo perder el control. Había estado a punto de ocurrir años atrás, pero Andreas había luchado con determinación para evitarlo.

Sin embargo, todo había cambiado.

Ya no había nada que les impidiese explorar la pasión que estallaba entre ellos cada vez que se miraban. Y estaba deseando hacerlo.

Sienna cerró la puerta del dormitorio y se apoyó en ella, llevándose una mano al corazón. No era capaz de llevar aire a sus pulmones y sentía un deseo tan intenso que apenas podía permanecer de pie. Solo llevaban casados un par de horas y las cosas se le estaban escapando de las manos...

Ella no quería sentir esa atracción por Andreas Ferrante, un hombre al que odiaba tanto como lo deseaba. Pero ¿qué podía hacer? Su cerebro decía que no, mientras su cuerpo decía que sí.

Ella no quería terminar como su madre, locamente enamorada de un hombre que solo la veía como un escape conveniente para desahogar su deseo. El amor que sentía por el padre de Andreas había destruido a su madre y, cuando Guido Ferrante la rechazó públicamente, Nell se había hundido en el alcohol y las pastillas que, al final, la mataron.

Pero Sienna no estaba dispuesta a seguir por el mismo camino. Ella estaba decidida a proteger su corazón. Andreas era el hombre más atractivo que había conocido nunca y sus besos eran una tentación irresistible, pero eso no significaba que fuera a enamorarse de él. Se había creído enamorada cuando era una adolescente, pero solo había sido un encandilamiento juvenil. Ya no era esa cría ingenua y no creía que un hombre rico como Andreas fuese la solución a todos sus problemas.

En aquella ocasión, las cosas podían ser diferentes.

Haría lo que tantos hombres y mujeres habían hecho durante siglos: separar las emociones del deseo físico. El sexo sería solo sexo. El amor no tendría nada que ver.

Sienna se reunió con Andreas en el salón para una celebración íntima. Elena lo había preparado todo y, evidentemente, el ama de llaves estaba en su elemento, con una amplia sonrisa en los labios mientras llevaba un cubo de hielo y una botella de champán.

—Lo he dejado todo preparado en el comedor —les dijo—. Imagino que preferirán estar solos, de modo que Franco y yo nos vamos.

—*Grazie*, Elena. Seguro que todo estará perfecto.

—Gracias por molestarse tanto —añadió Sienna—. He visto el comedor cuando pasaba y está precioso.

—Que disfruten de la comida —dijo Elena, antes de cerrar la puerta.

Sienna se acercó a Andreas para devolverle el collar y los pendientes.

—Es mejor que los tengas tú, antes de que me encariñe demasiado. Seguro que tu próxima esposa querrá continuar la tradición.

Andreas tomó las joyas con expresión indescifrable.

—Gracias.

—¿Entonces vamos a celebrarlo?

—Sí, claro. ¿Quieres una copa de champán?

—¿Por qué no?

Sienna lo vio descorchar la botella y sintió un escalofrío al pensar en esas manos sobre sus pechos y otra zonas de su anatomía. Tenía unas manos preciosas, ni demasiado suaves ni llenas de callos, sino fuertes y capaces.

Estaba a punto de tomar un sorbo de champán cuando él la detuvo.

–¿No deberíamos brindar?

–Sí, claro. ¿Por qué brindamos?

–Por hacer el amor, no la guerra –dijo Andreas.

Ella enarcó una ceja.

–¿No quieres decir sexo?

Los ojos pardos brillaban, burlones.

–Tú lo deseas tanto como yo. No tiene sentido fingir otra cosa.

Sienna se encogió de hombros.

–Admito que me he preguntado alguna vez cómo serías en la cama. Pero, aunque tuviéramos una relación íntima, el amor no tendría nada que ver.

Andreas sostuvo su mirada durante un segundo.

–¿Ah, sí?

–Sí.

Él tomó un sorbo de champán.

–Creo que los dos sabemos que esto que hay entre nosotros no va a desaparecer de repente. La cuestión es que solo pude durar seis meses. Para entonces, los dos habremos conseguido lo que queríamos y podremos seguir adelante con nuestras vidas.

Sienna jugaba con su copa de champán, decidida a sacarlo de quicio. Era un deseo que no podía controlar, una travesura irresistible.

–¿Y si te acostumbrases a mí y no quisieras dejarme ir?

Los ojos pardos se clavaron en los suyos con intensidad.

–Te dejaré ir, seguro. Tú no eres la mujer que quiero como esposa o madre de mis hijos.

Sienna no esperaba una respuesta tan cortante y le dolió. Tener hijos propios era algo en lo que nunca había querido pensar. Su infancia había sido tan caótica, tan insegura, y el ejemplo de su madre tan pobre que siempre le había preocupado no estar a la altura. Pero que Andreas dijese que nunca podría ser la madre de sus hijos le dolió en el alma.

Ninguna mujer querría escuchar un insulto así y fue como si le clavase un puñal en el corazón; el dolor tan profundo que, por un momento, se quedó sin aire. No debería afectarle tanto, pero ocultó esos sentimientos tras una sonrisa forzada.

–Me alegro porque no pienso estropear mi figura teniendo hijos. Incluso los hijos de un multimillonario.

–¿Tu hermana gemela es tan egoísta y frívola como tú?

Sienna tomó un sorbo de champán.

–Lo descubrirás por ti mismo cuando la conozcas dentro de unas semanas. Voy a ser una de las damas de honor en su boda y, por supuesto, todo el mundo esperará que tú acudas también. Será muy divertido.

–Sí, estoy deseando –dijo Andreas, irónico.

Sienna se dejó caer sobre un sillón y cruzó las piernas.

–Sobre la luna de miel... ¿cuándo nos vamos?

–Mañana por la mañana. Pero solo puedo estar allí un par de días, tres a lo sumo. Tengo mucho trabajo en este momento.

–¿Y es absolutamente necesario que vaya contigo?

–Ya hemos hablado de esto, Sienna –respondió

Andreas, impaciente–. Seguro que el perro sobrevivirá sin ti un par de días. He hablado con Franco y él se encargará de darle de comer.

–No pensarás librarte de Scraps mientras estamos fuera, ¿verdad?

–Aunque no comparto tu entusiasmo por el chucho, veo que para ti es una especie de proyecto personal. Espero que no te lleves una desilusión cuando no esté a la altura de tus expectativas. Es un perro vagabundo y posiblemente peligroso.

–Scraps no es peligroso.

–No deberías bajar la guardia con él, en caso de que se vuelva contra ti.

–Lo dices como si yo te importara. Qué conmovedor.

Andreas dejó la copa sobre la mesa.

–Deberíamos comer algo. Elena se ha esforzado mucho y sería una pena.

Aunque la boda no había sido lo que Sienna había soñado desde niña, el banquete que había preparado el ama de llaves de Andreas sí lo fue. Había platos fríos y calientes, todos preparados con productos locales, y estupendos postres. Elena incluso había hecho una tarta nupcial con dos figuritas y, a su lado, había un cuchillo de plata con una cinta de satén blanco para cortarla.

Un doloroso recordatorio de que nada de aquello era real.

–Elena ha hecho una tarta, qué detalle –dijo Sienna, inclinándose para mirar las figuritas de plástico–. Y el novio se parece a ti. Es igual de estirado.

Andreas lanzó un bufido.

–No debería haberse molestado tanto.

–No tiene sentido quejarse –murmuró ella, tomando un plato–. Eres tú quien insistió en decirle a todo el mundo que esta era una boda de verdad.

–¿Y qué habrías hecho tú? –le preguntó él, irritado–. ¿Decirle a todo el mundo, incluidos los medios de comunicación, que he sido manipulado por mi padre para casarme con una desvergonzada buscavidas? Sería el hazmerreír de toda la ciudad.

Sienna dejó el plato sobre la mesa con calculada precisión, intentando contener el deseo de tirárselo a la cara, antes de lanzar sobre él una mirada helada.

–Que disfrutes de la comida, espero que te atragantes.

Iba a pasar a su lado cuando Andreas bloqueó el camino con su cuerpo.

–Sienna...

–Apártate –lo interrumpió ella–. No quiero hablar contigo.

Andreas levantó una mano para tomarla del brazo, pero Sienna dio un paso atrás.

–No te atrevas a tocarme –le espetó, furiosa–. No podría soportarlo.

–Los dos sabemos que eso no es verdad.

–Es verdad. ¡Te odio! Odio que creas que con mover un dedo puedes conseguir lo que quieras solo porque eres rico. Pues lo siento, pero a mí no puedes tenerme.

–Sí puedo tenerte –dijo él–. Puedo tenerte cuando quiera. Eso es lo que te da miedo, ¿verdad, Sienna? No te gusta desearme. Te gusta ir en el asiento del conductor, pero conmigo no puedes hacerlo. No puedes controlarme, *ma chérie*, porque yo no obedezco tus reglas.

Sienna intentó pasar a su lado, pero él se interpuso en su camino.

—Apártate —le advirtió.

Él esbozó una sonrisa irónica y cuando ella levantó una mano para darle una bofetada, enfurecida, Andreas sujetó sus muñecas, inmovilizándola.

Solo podía hacer una cosa, algo que no hacía nunca y que salió de no sabía dónde, tomándola por sorpresa. Emociones que normalmente escondía salieron a la superficie y, de repente, se puso a llorar.

Andreas la soltó como si se quemara.

—¿Qué demonios...?

Sienna intentaba contener las lágrimas, pero no era capaz. Lloraba tanto que apenas podía hablar.

—Deja de llorar, por favor.

—No... puedo.

Él dejó escapar un suspiro.

—Lo siento, de verdad. No sé que me pasa contigo —se disculpó, abrazándola—. No llores, *ma petite*. No quería disgustarte de ese modo.

Sienna quería apartarse, pero algo en aquel abrazo protector se lo impedía. Era asombroso estar pegada a él, con la cabeza apoyada en su hombro. Se sentía tan segura allí, tan protegida por la fortaleza de su cuerpo, que le gustaría quedarse para siempre.

—Lo de hoy ha sido demasiado para ti y debería haberme dado cuenta. Dejar tu casa y tus amigos en Londres para venir a vivir conmigo y soportar el interés de la prensa...

Sienna sorbió por la nariz mientras él sacaba un pañuelo del bolsillo.

—Toma, sécate los ojos, *cara*.

Ella se sonó la nariz, intentando controlarse.

—Lo siento, no sé qué me ha pasado. No suelo llorar nunca.

Andreas apartó el flequillo de su cara.

—He sido un bruto y lo siento. Tenemos que estar juntos durante seis meses y debemos hacer un esfuerzo por llevarnos bien. No sirve de nada intercambiar insultos continuamente.

Sienna hizo una bola con el pañuelo.

—Siento mucho haber intentando pegarte.

Andreas sonrió.

—No lo has conseguido.

Ella apretó los labios, sintiéndose más vulnerable de lo que le gustaría.

—¿Te importa si subo a mi habitación? No tengo hambre y prefiero irme a la cama. Me duele un poco la cabeza.

—¿Necesitas algo? ¿Una aspirina?

—No, se me pasará. Siempre me duele la cabeza cuando lloro.

Sienna se dirigió a la puerta, pero se volvió antes de salir...

—Lo siento de verdad, Andreas.

—Soy yo quien debería disculparse. No tenía ningún derecho a insultarte.

Ella se mordió los labios.

—No solo hablo de lo que ha pasado ahora...

Andreas se puso tenso y, de repente, su expresión se volvió tan indescifrable como una máscara.

—Vete a la cama, Sienna. Nos veremos por la mañana.

Ella salió del comedor y cerró la puerta, pero el corazón parecía pesar una tonelada dentro de su pecho.

Capítulo 6

DURANTE el viaje a Provenza, Sienna se dio cuenta de que Andreas hacía un esfuerzo por mostrarse amable y solícito con ella. Fuera por si acaso los había seguido algún paparazzi o porque de verdad se arrepentía de la escena del día anterior, daba igual.

Cuando bajaron del avión en Marsella para tomar un coche de alquiler, Andreas le había explicado que el *château* había pertenecido a la familia de su madre durante generaciones, pero como su tío Jules había muerto años antes sin dejar herederos, la finca había ido a parar a su padre tras la muerte de Evaline.

Aunque no lo dijo, Sienna supo que le dolía que su madre no hubiera cambiado el testamento antes de morir. Ella sabía que Evaline había descubierto la aventura de Guido con su madre varias semanas antes de su muerte, pero entonces estaba ya muy enferma y seguramente no habría tenido energía para corregir su testamento antes de que fuese demasiado tarde. Y también sospechaba que había esperado que esa aventura fuese algo fugaz que pasaría pronto.

Mientras Andreas giraba hacia la entrada de la finca, Sienna miró alrededor, sorprendida. Había visto fotografías del *château* de Chalvy en el pasado, pero era completamente diferente verlo en persona.

Los interminables campos de lavanda, las colinas cubiertas de verde, los pastos al pie de las montañas, un lejano campo cubierto de amapolas rojas que bailaban con la brisa del verano...

El aire era fresco, limpio, y escuchar el canto de los pájaros era una delicia después del estruendo de la ciudad.

Se le ocurrió entonces que aquel sitio podría ser suyo. Si Andreas la dejaba antes de que pasaran los seis meses, cada hectárea de terreno, cada antigua piedra, cada flor, cada brizna de hierba, todo sería suyo.

Su corazón se aceleró de repente. ¿Era mercenario por su parte querer que aquel sitio fuera suyo? Nadie podría echarla de allí. Nadie llamaría a la puerta para exigir el pago del alquiler. Se sentiría segura por primera vez en toda su vida. Tendría un techo sobre su cabeza para siempre y nadie podría quitárselo.

Pero solo podría ser suyo si Andreas rompía el acuerdo de estar juntos durante seis meses.

Mientras él la ayudaba a bajar del coche, el guardés, Jean-Claude Perrault, y su esposa, Simone, los saludaron amablemente. La pareja parecía estar deseando mostrarle a Andreas que eran los mejores guardeses del querido *château* familiar, aunque su formalidad resultaba un poco irritante para Sienna.

Después de servir unos refrescos, Jean-Claude sugirió enseñarle a Andreas la propiedad mientras Simone ayudaba a Sienna a instalarse.

Ella siguió a la mujer al piso de arriba, donde había preparado una suite con una enorme cama de nogal abrillantada y pulida y sábanas bordadas. Sienna no pensaba contarle que Andreas y ella no iban a compartir habitación, de modo que se limitó a sonreír al ver las flores que había colocado en jarrones sobre la cómoda y las mesillas.

—Todo está muy bonito.

—Esta ha sido siempre la habitación principal –dijo la mujer–. Durante siglos, las novias de la familia Chalvy han pasado aquí su noche de bodas porque tiene la mejor vista del campo de lavanda. Es una pena que no puedan quedarse más tiempo.

—Sí, una pena –murmuró Sienna.

—Es una luna de miel muy corta, pero *monsieur* Ferrante es un hombre tan ocupado, ¿verdad?

—Sí, lo es.

—Si necesita ayuda, solo tiene que llamarme. Serviremos la cena a las ocho y media. Un chef del pueblo vendrá a prepararla para ustedes.

—Muy amable.

—Es la primera vez en muchos años que *monsieur* Ferrante viene al *château* de Chalvy y es un momento para celebrar. Jean-Claude y yo estamos muy contentos de que haya sentado la cabeza. Durante un tiempo nos preguntamos si sería como su tío y no se casaría nunca.

—¿Se refiere al tío Jules?

Simone asintió mientras pasaba la mano por el edredón.

—Él no era hombre de una sola mujer. Su hermana Evaline, por otro lado, solo tenía ojos para el padre de Andreas. Se enamoró de él cuando era adolescente y fue un matrimonio feliz hasta que... –la mujer sonrió, incómoda–. Disculpe, no debería andar cotilleando como una de las chicas del pueblo. Se me había olvidado su conexión con la familia... no quería ofenderla.

–No pasa nada –la tranquilizó Sienna–. Sé que la relación de mi madre con el padre de Andreas provocó mucho dolor.

–Supongo que nadie sabe lo que ocurre en un matrimonio salvo las dos personas involucradas –dijo Simone, suspirando–. Evaline amó a Guido hasta el día que murió, pero sospecho que él no la amaba del mismo modo. Algunos hombres son así, especialmente los hombres ricos. Pueden tener a quien quieran y lo saben.

Sienna no podría estar más de acuerdo. ¿No lo demostraba su matrimonio con Andreas?

–Tengo un problema –dijo Sienna en cuanto se encontró con Andreas en el jardín. Lo había visto desde la ventana de la habitación y había bajado inmediatamente para hablar con él.

Estaba frente a un estanque de peces rojos, donde un par de ranas croaban alegremente.

–A ver si lo adivino: se te ha olvidado traer la plancha para el pelo –bromeo él.

Sienna suspiró.

–No voy a compartir esa habitación contigo. ¿Tú sabes lo bonita que la ha puesto Simone? Es como si esperase a miembros de la realeza –le dijo–. ¡Hay flores por todas partes y unas sábanas recién planchadas en las que durmieron tus bisabuelos!

Andreas la tomó del brazo para llevarla hacia un

paseo flanqueado por álamos cuyas hojas se movían con la brisa.

–Baja la voz. Hay gente trabajando por aquí, *ma chérie*.

Sienna sintió el roce de su pecho contra el torso de Andreas y tuvo que contener un escalofrío de puro placer.

–Tienes que hacer algo –insistió, sin embargo.

–No te pongas nerviosa, solo serán un par de noches. Además, no podemos romper la tradición de los Chalvy. Todos duermen en esa habitación después de su boda, ha sido así durante cientos de años.

Sienna se detuvo de golpe, fulminándolo con la mirada.

–Tú lo sabías desde el principio, ¿verdad? Lo sabías y no me lo advertiste.

–En realidad, había olvidado esa tradición. Mi abuela fue la última, ya que mi madre se casó con mi padre en Italia, no en Francia. Y mi tío no se casó nunca, así que tú eres la primera mujer de la familia Chalvy que va a dormir en esa habitación desde entonces.

–¿No olvidas un pequeño detalle? –le preguntó Sienna–. Yo no me he casado con un Chalvy, me he casado con un Ferrante.

–Pero ahora perteneces a la familia...

–Yo no te pertenezco –lo interrumpió ella–. Y será mejor que no lo olvides.

Él esbozó una sonrisa mientras tomaba su mano.

–No me mires con esa cara de enfado y sonríe como una recién casada, *cara*. Hay un jardinero cortando el césped a unos metros de nosotros.

Sin querer, Sienna clavó la mirada en sus labios, en

esa pecaminosa boca que ya había hecho tanto daño a su equilibrio. Era imposible ignorar la reacción de su cuerpo. La proximidad de Andreas, incluso su mirada la hacía sentir escalofríos. Sus pezones se levantaron al rozar su torso y se le encogió el estómago cuando se apoderó de su boca.

Los labios de Andreas eran firmes y suaves a la vez y sintió un cosquilleo extraño cuando pasó la lengua por su labio inferior. Pero, de inmediato, invadió su boca y su lengua buscó la suya en un erótico duelo que, sin la menor duda, él iba a ganar al final.

La tenía a su merced y se derritió, apoyándose en él, mareada al sentir la potencia de su masculino deseo. No quería perder el control, pero su cuerpo ansiaba esas eróticas sensaciones.

Andreas enredó los dedos en su pelo, inclinando la cabeza para besarla a placer, y Sienna se perdió en la fiebre de un beso que la hacía olvidar el pasado y el futuro.

Él la empujó suavemente, haciendo que sus cuerpos entraran en contacto y, al notar su erección, cualquier pensamiento sensato voló de su cabeza. Lo deseaba y no podía pensar en nada más.

–¿Sigues queriendo habitaciones separadas? –susurró Andreas.

Sienna intentó llevar aire a sus pulmones.

–Estoy empezando a pensar que podría haber sido buena idea airear esas sábanas –tuvo que admitir, burlona.

Él rio mientras tomaba su cara entre las manos.

–Me haces reír, *ma petite*. Me gusta que seas tan peleona y que tengas los pies firmemente plantados en el suelo.

Sienna desearía poder encontrar suelo para plantar los pies, pero en aquel momento se sentía al borde de un precipicio, a punto de lanzarse de cabeza a una aventura con Andreas Ferrante.

Lo deseaba.

Siempre lo había deseado.

Y podía tenerlo durante seis meses.

Era una tentación irresistible. Podría decirle adiós cuando todo terminase porque conocía las reglas desde el principio y él también. Era un arreglo conveniente para los dos, un romance sin ataduras. Ella no se enamoraría de Andreas y tampoco él de ella. Sería un interludio excitante para pasar el tiempo mientras se veían obligados a estar juntos.

Y le sentaría bien tener una aventura apasionada porque su cuerpo anhelaba una sensualidad que se había negado a sí misma durante mucho tiempo.

Andreas pasó la yema del pulgar por su labio inferior, sus ojos pardos hipnotizándola.

—Tú sabes que lo deseas —murmuró—. Lo sabías desde el principio. Y creo que mi padre debía saberlo también. Si no, ¿por qué habría orquestado este matrimonio?

Sienna se apartó.

—Anoche hablaba en serio. Siento mucho lo que pasó cuando tenía diecisiete años. Me asusté al ver a tu padre... no quería que mi madre perdiera su puesto de trabajo porque era la primera vez en mi vida que la veía feliz. No sabía que acabaría así. No sabía que te marcharías y no volverías a casa.

—No volví por muchas razones —dijo él, apartando las manos de su cara—. Mi padre y yo siempre tuvimos una relación difícil y chocábamos en muchas cosas. Él no quería que me dedicase a diseñar muebles, pero yo quería ganarme la vida sin contar con su dinero. No me interesaba heredar, como habían hecho su padre y su abuelo antes que él, quería vivir mi propia vida, con mis propias reglas.

Sienna caminaba a su lado, preguntándose si algún día la perdonaría. Por su culpa, la difícil relación de Andreas con su padre se había vuelto más difícil aún, tanto que ni siquiera habían hecho las paces antes de que él muriese.

¿Podía esperar que lo entendiera como un momento de inmadurez por su parte?

–Yo no sabía que la razón por la que mi madre era feliz era porque mantenía una aventura con tu padre –le dijo, después de una pausa–. Si lo hubiera sabido, creo que habría actuado de otra forma.

Andreas se detuvo para mirarla, con el ceño fruncido.

–Tu madre quería medrar en la vida y utilizó a mi padre para ello. Hasta hoy, no entiendo cómo pudo tener una aventura con una desvergonzada como ella...

–¡Mi madre lo amaba! –exclamó Sienna, fulminándolo con la mirada–. Él fue el único hombre al que amó de verdad, me lo confesó antes de morir. Antes había tenido aventuras sin importancia, pero cuando conoció a tu padre se enamoró de verdad. Y se le rompió el corazón cuando él se negó a reconocerlo públicamente. Creo que pensó que se casaría con ella tras la muerte de tu madre, pero se equivocó.

Andreas la miró, con expresión cínica.

–¿Seguro que amaba a mi padre o el estilo de vida que él podía ofrecerle?

–No espero que tú entiendas lo que es el amor –replicó Sienna–. Eres exactamente igual que tu padre en ese sentido. Tomas lo que quieres de la gente sin la menor emoción, sin que te importen nada, como si estuvieras haciendo negocios.

–¿Y tú no haces lo mismo? –le recordó él–. Te casaste con Brian Littlemore por dinero y te has casado conmigo por la misma razón. ¿No es eso hacer negocios? Quieres dinero a cambio de tu cuerpo, pero no entregas tu corazón.

–¿Tú quieres mi corazón, Andreas? –lo retó ella, altiva.

–Creo que tú sabes lo que quiero –respondió él, mirándola de arriba abajo–. Lo que los dos queremos. Y esta noche nada impide que lo tengamos.

Sienna levantó la barbilla.

–No he dicho que vaya a acostarme contigo.

Andreas inclinó la cabeza para besarla de nuevo.

–No, aún no, pero lo harás –dijo después–. No podrás evitarlo.

–Eso ya lo veremos.

Él tocó su mejilla con la punta de los dedos, sus ojos quemándola.

–Estoy deseando –le dijo con una sonrisa burlona antes de alejarse.

Capítulo 7

SIENNA estaba nerviosa cuando se reunieron para tomar una copa antes de la cena. Había conseguido evitarlo desde que se vieron en el jardín, pero no podía dejar de pensar en él.

Cuando lo oyó subir a su habitación para ducharse y cambiarse de ropa lo había imaginado desnudo bajo el agua, fibroso y bronceado...

Su cuerpo parecía decidido a tener lo que su cerebro le decía que era un peligro. Su traidor cuerpo exigía algo más que caricias, algo más que besos. Lo quería todo.

Y Andreas, maldito fuera, lo sabía.

Sienna entró en el salón que daba al jardín con los nervios de punta.

—¿Dónde están Jean-Claude y Simone? —le preguntó.

Andreas esbozó una sonrisa.

—Es nuestra luna de miel, *ma chérie*, y cuatro serían una multitud, ¿no te parece?

Ella tomó la copa de champán que le ofrecía.

—Entiendo que quieras quedarte con este *château* —le dijo, para cambiar de tema—. Es precioso.

—A mi madre le encantaba venir aquí. Y estoy seguro de que querría que sus nietos crecieran como lo habíamos hecho Miette y yo, con una mezcla de cultura francesa e italiana.

Sienna miró las burbujas en su copa, intentando no pensar en los hijos de Andreas corriendo por el jardín del *château*. Pero lo imaginaba con una mujer del brazo, la mujer a la que habría elegido como esposa. Tal vez volvería con Portia Briscoe cuando pasaran los seis meses, pensó entonces. Pero ese pensamiento resultaba aún más inquietante porque cuanto más conocía a Andreas, menos le parecía Portia adecuada para él. ¿Por qué no se daba cuenta?

–¿Miette se disgustó cuando tu padre te dejó a ti el *château* en su testamento?

–Lo que le disgustó fue que lo hubiéramos heredado tú y yo –respondió Andreas–. Cree que harás todo lo posible para que yo rompa el acuerdo y quedarte así con el *château*.

Sienna entendía que su hermana pensara eso. Durante el tiempo que vivió con la familia Ferrante, su relación con Miette había sido tensa. Aunque, siendo sincera, Sienna sabía que en general la culpa había sido suya porque estaba celosa. Miette tenía un padre y una madre que la adoraban y un hermano mayor que la protegía. Había crecido teniendo que preocuparse solo por los vestidos de diseño de cada temporada. Como Andreas, Miette había ido a los mejores colegios y a la mejor universidad. Incluso había pasado un año en Suiza antes de irse a Londres, donde había conocido a su marido, también un hombre acaudalado.

La vida de Miette era el sueño que Sienna había querido siempre para sí misma.

–¿Qué le has dicho?

–Que no debía preocuparse porque conozco bien tus trucos.

Sienna se encogió de hombros.

–Puedes asegurarle que solo quiero el dinero. El *château* es muy bonito, pero ¿qué haría yo con un sitio como este? Tendría que venderlo.

Andreas tomó un sorbo de champán mientras la miraba los ojos.

–No voy a perder el *château*. No pienso marcharme hasta que recupere lo que pertenece a mi familia.

–Lo mismo te digo –replicó ella–. Tampoco yo voy a marcharme antes de los seis meses por culpa de tus groserías.

Él sonrió, irónico.

–Eres tú quien parece decidida a provocar una pelea. Lo veo en tus ojos. Llevas buscándola desde que has bajado de la habitación.

–Tal vez tenga algo que ver con tus mentiras y tus trampas para que tuviéramos que compartir habitación.

–¿Cuál es el problema de compartir una cama en la que podrían dormir cuatro personas? –exclamó él–. Seguro que ni siquiera tendríamos que rozarnos.

Sienna apretó los labios.

–Solo sería otra mujer sin nombre a tu lado, ¿no?

–¿Estás celosa?

–¡Pues claro que no! –exclamó ella–. Pero no me gustaría que olvidases quién estará tumbada a tu lado. Puede que te tomes libertades con las que no me sienta cómoda.

–¿Tomarme libertades? –repitió Andreas, burlón.

Parece una frase sacada de una novela histórica. ¿Qué es lo que te preocupa, que pueda verte un tobillo? He visto mucho más que eso y tú lo sabes. Y no solo yo, todo el que tenga acceso a Internet ha podido verte, así que no te hagas la virgen ultrajada conmigo, no me lo creo.

Sienna se volvió para que no viera que se había ruborizado, intentando desesperadamente parecer tranquila cuando por dentro era todo lo contrario. Lo odiaba por recordarle eso. Pero qué típico de Andreas recordarle el pasado; un pasado que ella quería olvidar, que desearía no hubiese ocurrido nunca.

Fingía que no tenía importancia, pero cada vez que veía una foto suya en la prensa o una imagen de ese vídeo se moría de vergüenza. ¿Cómo podía haber ocurrido?

–La cena está lista –dijo Andreas–. Espero que tengas apetito.

Sienna lo miró, enfadada.

–Es mejor que charlar contigo –murmuró, pasando a su lado para ir al comedor.

La cena fue tensa. Sienna sabía que no estaba ayudando nada mostrándose tan hostil, pero le dolía que Andreas siempre pensara lo peor de ella. Parecía convencido de que haría lo imposible por quedarse con su herencia, pero, si no fuera por el dinero, que necesitaba para solucionar su vida, no estaría en aquel *château*. Ella quería librarse de Andreas tanto como Andreas de ella.

Bueno, tal vez no era cierto del todo, pensó mientras jugaba con su copa. La fascinación que sentía por él era innegable. Podía sentir la tensión en el ambiente cada vez que estaban juntos.

Saber que la deseaba hacía que fuese imposible ignorar su deseo por él y su traidor pulso se aceleraba cada vez que sus ojos se encontraban. Esas tensas miradas desataban algo dentro de ella hasta que tenía que girar la cabeza para no traicionarse a sí misma.

–¿Más vino? –preguntó Andreas.

Sienna cubrió su copa con la mano.

–No, gracias, ya he bebido suficiente.

Él esbozó una sonrisa.

–Siempre es sensato saber cuándo parar, ¿no?

–¿Tú siempre sabes cuándo parar o puedes permitirte el lujo de seguir adelante sin pensar en las consecuencias?

Andreas se echó hacia atrás en la silla y esperó un segundo antes de responder:

–No me gusta perder el control en ningún aspecto de mi vida.

Sienna enarcó una ceja, burlona.

–¿Ni siquiera en la cama?

Él seguía sosteniendo su mirada, con una intensidad a la vez emocionante e inquietante.

–Eso depende de a qué te refieras con perder el control. Si te refieres a perderlo durante el orgasmo, sí, eso es lo que pasa.

Sienna sintió que le ardía la cara. Imaginarlo perdiendo el control, teniendo un orgasmo, era suficiente para hacerla temblar.

–Te has puesto colorada, *ma belle* –dijo él entonces.

–No es verdad. Es que hace calor aquí.

Andreas se levantó de la silla para abrir la ventana, dejando entrar el fragante aire del jardín.

–¿Mejor?

Sienna sintió un cosquilleo mientras se acercaba a ella, haciéndole el amor con los ojos, como si ya estuviera viéndola desnuda, sus miembros enredados, sus cuerpos unidos en el más íntimo de los abrazos.

Casi podía sentirlo dentro de ella. La sensación empezó como un ligero cosquilleo y se convirtió en un redoble de tambor que crecía en intensidad a medida que pasaban los segundos.

Tuvo que tragar saliva cuando levantó su barbilla con un dedo.

–¿Qué vamos a hacer? –le preguntó Andreas.

–¿A qué te refieres?

–A esta situación, a lo que hay entre nosotros.

Ella se levantó como si Andreas hubiera tirado de una cuerda invisible. Estaban a unos centímetros el uno del otro.

–No lo sé –respondió, con voz ronca–. ¿Fingir que no ocurre nada?

Andreas pasó la yema del dedo por su labio inferior.

–Parece una buena idea en teoría. ¿Cómo propones que la pongamos en práctica?

Sienna pasó la lengua por el labio que él acababa de acariciar y, al notar el sabor salado de su piel, sintió de nuevo ese cosquilleo entre las piernas.

–No lo sé –respondió, intentando que su tono no la delatase–. ¿Se te ocurre alguna idea?

Los ojos pardos sostenían los suyos.

–Solo una –respondió Andreas con voz ronca.

–Espero que sea buena –dijo ella, con una voz apenas audible.

–Lo es.

Tomándola por los brazos para apretarla contra su torso, Andreas inclinó la cabeza para apoderarse de sus labios...

Y fue como una chispa sobre paja seca. Andreas la besaba apasionada, urgentemente, empujándola contra él, explorando su boca con sabiduría y Sienna respondió automáticamente derritiéndose sobre él; el desesperado deseo de estar más cerca apartando las objeciones que su cerebro intentaba poner.

Andreas levantó una mano para acariciarla por encima del vestido. Era una tortura tenerlo tan cerca... pero entonces, como si hubiera leído sus pensamientos, o su cuerpo, o las dos cosas, él bajó uno de los tirantes del vestido, el cálido roce de su mano provocando escalofríos de placer. Sienna tembló de arriba abajo cuando acarició su clavícula con la lengua...

Intentó respirar cuando bajó la copa del sujetador, pero su vientre se encogió de deseo al sentir su cálido aliento sobre el desnudo pecho, sus dientes y su lengua llevándola a un frenesí de deseo que nunca hubiera creído posible. Cuando envolvió un pezón con los labios para chuparlo, se erizó el vello de su nuca.

Más excitada que nunca, Sienna empezó a desabrochar los botones de su camisa, uno por uno, mientras besaba su piel.

Andreas emitió un gemido ronco cuando llegó al elástico del pantalón, su erección levantando la tela mientras lo acariciaba de arriba abajo.

Dejando escapar un gruñido, la tumbó con él en el suelo, buscando su boca mientras se colocaba encima. Sienna mordió su labio inferior, tirando de él en un desesperado intento de saciarse. Entre beso y beso, Andreas le quitó el vestido, el sujetador y las bragas mientras ella solo conseguía quitarle la camisa y el cinturón.

Andreas apenas tuvo tiempo de ponerse un preservativo antes de entrar en ella con una dura embestida que la hizo gritar de placer y dolor al mismo tiempo...

—¿Qué ocurre?

—Nada —respondió Sienna, apartando la mirada—. Es que ha pasado mucho tiempo, eso es todo.

Él levantó su barbilla con un dedo.

—¿Cuánto tiempo?

Sienna se mordió los labios.

—No lo sé, algún tiempo.

Andreas frunció el ceño.

—¿Cuánto tiempo, Sienna?

Ella se encogió de hombros.

—No me acuerdo.

—¿Quieres decir que hace tiempo que no te acostabas con tu marido?

Le resultaba imposible mentir cuando estaban mirándose a los ojos...

—Yo nunca me acosté con Brian.

Andreas se echó hacia atrás como si lo hubiera abofeteado.

—¿Qué?

—Era un matrimonio de conveniencia —le confesó Sienna—. Brian quería una esposa solo de nombre y yo quería la respetabilidad de un matrimonio. Fue un acuerdo que nos satisfacía a los dos.

Andreas se levantó de un salto y, después de abrochar su pantalón, tomó la camisa del suelo para ofrecérsela.

–Ponte esto.

Sienna se la puso, sintiendo que la envolvía su calor. La camisa no ofrecía la misma dignidad que un vestido, pero al menos cubría su desnudez.

Lo vio buscando su ropa por el suelo y doblándola meticulosamente cuando unos minutos antes prácticamente se la había arrancado...

–Te he hecho daño y lo siento mucho –dijo después.

–No me has hecho daño, de verdad.

–¿Por qué no me lo habías contado?

–¿Contarte qué? ¿Que hacía mucho tiempo que no me acostaba con nadie? No me hubieras creído –dijo Sienna–. La prensa miente continuamente sobre mi vida... ¿por qué ibas a aceptar mi palabra?

–¿Por qué dejas que publiquen esas cosas sin defenderte? –le preguntó Andreas.

Ella se encogió de hombros.

–Me da igual lo que piense la gente. Yo sé lo que es verdad y eso es lo único que importa.

–¿Por qué tu matrimonio con Brian no fue un matrimonio normal? –insistió Andreas–. Ibas con él a todas partes, siempre de su brazo como un trofeo. ¿Todo era mentira?

Sienna deseó haber mantenido la boca cerrada. ¿Qué le pasaba aquella noche? Tanta sinceridad era absurda. Si no tenía cuidado, contaría la verdad sobre «la amante» de Brian, un hombre, no una mujer, al que su difunto marido había adorado siempre, incluso antes de casarse con Ruth y tener tres hijos con ella. Era el secreto de Brian y ella había prometido guardarlo. Se lo había prometido en su lecho de muerte para proteger a sus hijos de las maldades de la prensa. Y debía tener mucho más cuidado con Andreas porque a él no era fácil engañarlo.

—Brian fue muy bueno conmigo y nunca lamenté haberme casado con él.

Andreas torció el gesto.

—Pero si tenía una amante, todo el mundo lo sabía. ¿Cómo pudiste permitir que mantuviera una aventura con otra mujer mientras estaba casado contigo?

Sienna apretó la ropa contra su cuerpo.

—No quiero hablar de ello. Además, no es asunto tuyo.

Él la estudió un momento, pensativo.

—Te casaste con él poco después de que la escandalosa cinta apareciese en Internet, ¿verdad? Unas semanas después, si no recuerdo mal.

—¿Y qué?

—¿Qué pasó esa noche, Sienna? ¿Y por qué, de repente, decidiste casarte con un hombre cuarenta años mayor que tú?

Ella apartó la mirada, sintiendo una opresión en el pecho. Había hecho muchas tonterías y esas tonterías le habían costado caro a su hermana. Tal vez era el momento de contarlo, pensó, de confesar lo mal que se sentía por lo que había pasado. Por qué deseaba contárselo precisamente a Andreas era algo que tendría que averiguar más tarde.

—Había salido a tomar unas copas con unos amigos —empezó a decir—. No solía emborracharme, pero esa noche debí de beber más de lo que pensaba o tal vez no había cenado lo suficiente. Solo recuerdo que desperté en la cama de un hombre al que no conocía. Él estaba desnudo, yo estaba desnuda... y me dio tanta vergüenza que, por primera vez, empecé a sentirme como la fresca de la que hablaba la prensa. Antes solía reírme porque solo me he acostado con dos chicos en toda mi vida y la verdad es que hoy en día eso no es nada, pero después de esa noche sentí que merecía las cosas que decían de mí por ser tan irresponsable.

−¿Te has parado a pensar que tal vez fuiste la víctima de ese hombre, que tal vez echó algo en tu bebida? −le preguntó Andreas.

Sienna asintió con la cabeza.

−La verdad es que lo pensé, pero de todas formas fue culpa mía. Debería haber elegido a mis amigos con más cuidado.

−Fuiste la víctima de un delito. ¿Por qué no lo denunciaste a la policía?

−¿Quién me hubiera creído? De tal palo tal astilla, habrían pensado. Además, no sabía si se había cometido un delito o no. En la cinta, ese hombre y yo estábamos besándonos y él me tocaba... pero no sé lo que pasó, no me acuerdo.

Andreas masculló una palabrota mientras se pasaba una mano por la cara.

−No lo entiendo. ¿Por qué no dijiste algo cuando la prensa creyó que tu hermana era la chica de la cinta?

−Porque entonces yo no sabía nada. En cuanto desperté en la habitación del hotel con aquel hombre me marché del país. Quería alejarme todo lo posible de allí y fue entonces cuando Brian apareció en mi vida.

Lo llamé llorando desde el aeropuerto... nos habíamos conocido en una fiesta unos años antes y nos hicimos amigos. Era como un padre para mí, el padre que nunca tuve. Brian me ofreció refugio y no lo pensé dos veces cuando sugirió que nos casáramos. Yo quería respetabilidad, él quería sentirse seguro.

Andreas levantó su babilla con un dedo.

—¿Por qué has dejado que todo el mundo crea esas mentiras sobre ti?

Sienna estaba acostumbrada a hacerse la dura, pero era imposible mantener la farsa cuando él parecía tan preocupado por ella.

—¿Podemos dejar el tema? Es el pasado y quiero olvidarlo.

—No puedes olvidar algo así. Dejaste que todo el mundo, incluido yo, te creyese una persona sin moral alguna cuando no lo eres.

—Puede que no lo sea, pero sigo queriendo tu dinero y eso me convierte en una buscavidas, ¿no?

—Mi padre te dejó ese dinero en su testamento —le recordó Andreas—. ¿Por qué me has hecho creer que eres alguien que no eres? ¿Qué esperas conseguir haciendo que todo el mundo te odie?

—Odiar es más fácil que amar —respondió ella—. Así es la vida. Y yo también soy así. Aunque te odio, estaba a punto de acostarme contigo.

Él siguió mirándola con gesto preocupado hasta que el corazón de Sienna parecía a punto de saltar de su pecho.

—Si no me odiabas antes, tampoco lo haces ahora —dijo Andreas—. Pero yo he sido un canalla contigo.

Ella tragó saliva.

–No, bueno... de todas formas, debería habértelo contado antes.

–¿Crees que te hubiera creído?

Sienna sonrió.

–No, seguramente no.

–¿Sabes el nombre de ese hombre?

Ella cerró los ojos un momento.

–Andreas, déjalo. No quiero que nadie le haga daño a mi hermana otra vez. Está a punto de casarse y sé lo que haría la prensa si tú buscases justicia. Hay suficientes fotografías mías entrando y saliendo de discotecas como para hacerme parecer una borracha irresponsable. Tú sabes cómo pueden retorcer las cosas los abogados para construir una defensa.

–Pero es lo que debes hacer.

–No, yo solo quiero olvidarme de ello.

–No puedes huir de algo porque te resulte desagradable...

–No estoy huyendo –lo interrumpió ella–. Lo que hago es seguir adelante, por mí y por Gisele.

Andreas sostuvo su mirada antes de apartar el flequillo de su frente, como haría con una niña.

Sin embargo, Sienna no se sentía como una niña y el roce de su mano provocó un escalofrío de deseo. Seguía queriéndolo dentro de ella, como antes...

¿Cómo sería que la poseyera del todo? ¿Sentirlo enterrado en ella? ¿Hacerlo perder el control? ¿Sentir cómo su cuerpo respondía al suyo en un ritmo tan antiguo como el tiempo?

El silencio parecía cargado de erótica tensión y, sin darse cuenta, sacó la punta de la lengua para pasarla por sus labios resecos.

Pero Andreas se apartó.

–Creo que, por el momento, lo mejor será mantener las distancias. Dormiré en otra habitación.

Sienna tuvo que esconderse tras el sarcasmo, algo a lo que estaba habituada.

–¿Temes enamorarte de mí ahora que sabes que no soy un fresca que salta de cama en cama?

Andreas sostuvo su mirada con implacable determinación.

–Quiero este *château*, Sienna –le dijo–. Estoy dispuesto a hacer lo que tenga que hacer para conseguirlo y ninguno de los dos quiere una relación que se nos ha impuesto por razones que aún no entendemos. De no ser por el testamento de mi padre, jamás se me habría ocurrido mantener una relación contigo y sospecho que tampoco lo habrías hecho tú.

–Tienes razón –asintió ella, intentando disimular cuánto le dolía que dijera eso–. Tú eres el último hombre con el que querría mantener una relación. Eres tan estirado que te pones nervioso si la servilleta del té está descolada.

–Y tú eres tan caótica como un huracán –respondió él–. Sigo sin creer que seas hija de una mujer que se ganaba la vida limpiando y ordenando casas.

–Se le daba bien limpiar las cosas de los demás, pero no era capaz de ordenar las suyas –dijo Sienna, encogiéndose de hombros–. Pasé la mayor parte de mi niñez preguntándome dónde viviríamos la semana siguiente. Mi madre decía o hacía algo que no debía y, de repente, teníamos que hacer las maletas. He perdido la cuenta de los colegios a los que fui... el tiempo que vivimos en tu casa fue el más largo y yo no quería que terminase.

Andreas tomó su mano para jugar distraídamente con sus dedos.

–No sabía que las cosas hubieran sido tan difíciles para ti. Siempre pensé que eras una cría maleducada y altiva, pero ahora entiendo por qué tenías esa actitud. Te sentías muy insegura.

–No debería quejarme –dijo Sienna, intentando ignorar el cosquilleo que sus caricias la hacían sentir–. Mucha gente lo ha pasado peor que yo.

Andreas besó suavemente sus nudillos.

–Deberías irte a la cama –murmuró–. ¿Necesitas algo? ¿Quieres que te llene la bañera?

El brillo de preocupación en sus ojos la hacía sentir delicada y femenina, un lujo que nunca había podido permitirse.

–No, creo que puedo hacerlo sola –respondió, con una sonrisa–. Pero gracias de todas formas.

Él siguió estudiándola durante unos segundos y Sienna sospechó que esos ojos castaños con puntitos verdes podían ver lo que había detrás de su despreocupada fachada. Aquel breve momento de intimidad había cambiado la dinámica entre ellos y no sabía cómo volver atrás.

–Lo que ha pasado esta noche... –Andreas frunció el ceño, como si no encontrase las palabras adecuadas–. Te he juzgado mal, pero espero que puedas perdonarme.

–Vaya, me gusta ese hombre tan simpático en el que te has convertido de repente –dijo Sienna–. Tal vez no te odiaré tanto si sigues así durante los próximos seis meses.

–Tú no me odias, *ma petite*. De hecho, tengo la impresión de que no me has odiado nunca.

Ella levantó la barbilla, con ese gesto tan suyo.

–¿No pensarás que sigo loca por ti como cuando era una adolescente? Eso fue hace mucho tiempo, Andreas. Puede que no tenga tanta experiencia como otras chicas de mi edad, pero te aseguro que no me he estado reservando para ti.

–¿Por qué no has tenido más relaciones? –le preguntó Andreas–. No puede haber sido por falta de oportunidades. Los hombres caen rendidos a tus pies, lo he visto con mis propios ojos. Podrías parar un tren con esa cara tan bonita.

–Vi a mi madre ir de un hombre a otro –empezó a decir ella–. Y vi lo que eso le hacía a su autoestima. Era yo quien tenía que consolarla... y me sentía como si fuera su madre. Supongo que eso tiene algo que ver. Además, quiero que se me aprecie por algo más que mi aspecto físico. Tengo sueños y aspiraciones, no soy una tonta. Desgraciadamente, muchos hombres no ven más allá del aspecto físico. O tal vez no quieren hacerlo.

Andreas seguía acariciando su cara, el roce haciendo que se derritiera.

–Eres una chica muy compleja, ¿no?

–No más compleja que cualquiera –respondió Sienna–. Y ni la mitad que tú.

Andreas esbozó una sonrisa.

–Entonces, tal vez nos parecemos más de lo que habíamos creído.

–No creo que tengamos mucho en común.

Andreas pasó un dedo por su labio inferior antes de bajar la mano.

–Tal vez tengas razón –admitió–. Llámame si necesitas algo.

Sienna asintió con la cabeza mientras pasaba a su lado, intentando no notar el calor de su cuerpo.

–Buenas noches, Andreas.

Capítulo 8

ANDREAS estuvo paseando por la habitación durante horas después de que Sienna se hubiera ido a dormir. Su perfume se había quedado en el aire... podía incluso olerlo en su piel y saborear la dulzura de su boca, a pesar de los tres vasos de whisky que había consumido.

Descubrir que no había tenido una relación sexual con su difunto marido lo había dejado estupefacto. De modo que todo lo que había creído sobre ella durante esos años era mentira...

Estaba convencido de que se había casado por dinero y descubrir que el matrimonio no fue más que un arreglo de conveniencia lo había dejado atónito.

No podía creer que tuviera tan poca experiencia sexual. A los veinticinco años, solo había tenido dos parejas...

Los paparazzi la representaban como una chica que iba de fiesta en fiesta y ella no hacía nada para sacarlos de su error. Evidentemente, la escandalosa cinta sexual la había afectado mucho, como afectaría a cualquiera, pero Andreas sospechaba que se había escondido detrás de esa etiqueta de buscavidas porque era su manera de esconder lo vulnerable que era. Se hacía la dura, fingiendo que nada le importaba un bledo, cuando no era así.

Y él la había tomado como si fuera una fulana, el deseo haciendo que perdiese la cabeza. Ella estaba dispuesta, pero eso no lo hacía menos responsable.

Le había hecho daño...

Andreas masculló una palabrota. Había actuado como su padre, dispuesto a saciar su deseo sin pensar en las consecuencias.

Nervioso, se pasó una mano por el pelo. ¿Era eso lo que su padre había querido? ¿Demostrarle lo difícil que era resistirse al deseo?

¿Su deseo por Sienna habría sido tan obvio? Él había hecho lo imposible por esconderlo. Se había disciplinado a sí mismo para ignorarla durante sus visitas o, como mínimo, tratarla como si fuera una cría. La había visto crecer, hacerse adulta. De visita en visita había pasado de ser una niña de catorce años a una sirena de diecisiete. Rechazarla había sido lo más honorable y, sin embargo, se preguntaba si eso, y no la vida de su madre, habría sido lo que hizo que se dedicara a ir de fiesta en fiesta, en un intento de salvar la cara.

Cuando cumplió los dieciocho ya tenía reputación de chica alegre. Una «ninfa de discoteca» la llamaban los periodistas en Londres; noche tras noche de fiesta con su grupo de amigos.

Y luego, cuando a los veintidós años se había casado con un hombre que podría ser su abuelo, todo el mundo dijo que era una buscavidas. Él mismo lo había hecho. Y la había llamado cosas peores.

Se le encogió el corazón al pensar que había creído

lo peor de ella cuando no era más que una cría que no había tenido una infancia normal.

Sienna no era la persona que él creía que era. Durante años se había escondido tras una fachada para protegerse del dolor. Bajo ese duro exterior había una joven vulnerable, una chica que nunca se había sentido segura o protegida. Él había cometido el error de suponer que era como su madre, intentando siempre sacar lo que pudiera de los demás...

Pero Sienna no era como Nell Baker y tenía más orgullo de lo que él había pensado.

Los insultos que había proferido contra ella volvían para castigarlo... aunque Sienna lo había insultado también. En el fondo, siempre había admirado que fuera tan desafiante y le gustaba pelearse con ella. Era un juego al que llevaban jugando desde siempre.

Andreas cerró los ojos, recordando lo que había sentido cuando estaba dentro de ella...

La deseaba.

Ese deseo no era nada nuevo para él, pero en aquel momento era más fuerte que nunca. Había saboreado el dulce placer de Sienna y era como una droga irresistible.

Respirando profundamente, exhaló un suspiro mientras miraba la luna por la ventana. Seis meses y todo aquello sería suyo, pensó. Sienna conseguiría su dinero y él heredaría el *château* de su familia.

Sabía que ella necesitaba dinero porque no tenía trabajo y los fondos que le había dejado su difunto marido se habían esfumado por culpa de la crisis. Estaba seguro de que podría retenerla a su lado durante ese tiempo y una aventura entre ellos sería un extra más que bienvenido.

Andreas cerró las cortinas. Tenía la sensación de que mantenerla a su lado no iba a ser el problema. Decirle adiós al final de los seis meses podría ser el mayor de los obstáculos.

Un golpecito en la puerta de la habitación despertó a Sienna a la mañana siguiente.

–Entra –murmuró, apartándose el pelo de la cara.

Andreas entró con una bandeja de cruasanes recién hechos y una taza de café.

–He pensado que te gustaría desayunar en la cama.

–¿Es otra de las tradiciones de los Chalvy?

Él esbozó una sonrisa mientras colocaba la bandeja sobre sus rodillas.

–Una de muchas.

–Aunque me gustaría mantener felices a los fantasmas de este *château*, me temo que no puedo tomar café a esta hora de la mañana. Me gusta el té. Llámame británica apestosa, pero a pesar de haber vivido muchos años en Italia, aún no me he acostumbrado a empezar el día sin mi taza de té.

Andreas levantó los ojos al cielo.

–Debería haberlo imaginado. Voy a hacerte un té.

Sienna inclinó a un lado la cabeza.

–No aguantarías ni cinco minutos como criado. Tienes que aceptar las órdenes con gracia y sin poner los ojos en blanco.

–Tal vez deberías darme unas lecciones –sugirió él.

–Ya sabes que a mí no se me da bien recibir órdenes –replicó Sienna–. En cuanto alguien me dice lo que debo hacer, yo hago justo lo contrario. Creo que es un problema de personalidad o algo así.

–Entonces tendré que pedirte lo contrario de lo que quiera. Se llama psicología inversa, ¿no?

–Algo así.

Sienna suspiró cuando Andreas salió de la habitación. Había dormido mal esa noche, ardiendo de deseo durante horas y luego, cuando por fin logró conciliar el sueño, había soñado con él. Había soñado con su boca y sus manos dándole placer, tocándola, acariciándola por todas partes.

Apretó las piernas al sentir un íntimo cosquilleo y se llevó una mano al estómago para intentar contener esa sensación, pero solo consiguió intensificarla.

La puerta se abrió unos minutos después y Andreas entró con una taza.

–Su té, señora –le dijo, haciendo una reverencia.

–Demasiado obsequioso –lo corrigió ella–. Tu jefe pensaría que estás robando la plata o algo así.

–Tal vez tenga un motivo oculto –dijo Andreas.

Sienna enterró la cara en la taza para no tener que mirarlo.

–Entonces, supongo que el desayuno en la cama es porque te sientes culpable. No tiene nada que ver con la tradición de los Chalvy.

–¿Cómo no voy a sentirme culpable? Después de lo que me contaste, me he pasado la noche dando vueltas.

Sienna no dejaba de mirar la taza.

–Estás exagerando.

Él apartó el pelo de su cara.

–Mírame.

Respirando profundamente, Sienna levantó la mirada. Andreas estaba recién afeitado, pero parecía cansado y tenía ojeras. ¿Habría pasado la noche preguntándose cómo sería hacer el amor de verdad? ¿Habría ardido de deseo durante horas? ¿Habría soñado con ella?

Era tan difícil saber lo que Andreas pensaba. Siempre había sido indescifrable.

Él rozó su cara con los dedos.

—Ayer me pasé y me hago responsable de ello. Me salté las reglas que habíamos impuesto y fue un error, pero prometo que no se repetirá... a menos que tú quieras. Si quieres que tengamos una aventura durante estos seis meses, lo tomaré en consideración.

Por supuesto, pensó ella. Sería un pasatiempo conveniente, como su madre lo había sido para su padre, y luego le diría adiós sin el menor remordimiento. Unos meses más tarde, o incluso unas semanas, se casaría con una mujer de su clase y llenaría sus fabulosas propiedades con niños guapísimos como él.

¿Y cómo iba a soportarlo ella?

Como había soportado todo lo demás, pensó entonces: poniendo buena cara. Le demostraría que podía jugar al mismo juego, que podía ser tan implacable y tan mercenaria como él. Cuando llegase el momento se marcharía sin mirar atrás.

—No creo que una aventura entre nosotros pudiera funcionar. Es mejor ajustarse al plan original.

Si se había llevado una sorpresa o estaba decepcionado, Andreas no lo demostró.

—Muy bien. Tengo que solucionar unos asuntos con Jean-Claude... probablemente no nos veremos hasta la noche.

–Seguro que encontraré algo con lo que divertirme –dijo Sienna–. Tal vez un lobo perdido en el bosque.

Andreas esbozó una sonrisa.

–El otro día vi que tenías una cámara de fotos. Pensé que te gustaba estar delante de la lente, no detrás.

–Pues eso demuestra lo poco que sabes de mí, ¿no?

–¿Alguien te conoce de verdad, *ma petite*?

Sienna se encogió de hombros.

–Tengo amigos, si eso es lo que quieres saber.

–Una persona puede tener cien amigos, pero eso no significa que alguien te conozca a fondo, que sepa quién eres cuando estás solo.

–¿Quién eres tú cuando estas solo, Andreas? –le preguntó ella–. ¿O es que nunca estás solo? Seguro que siempre hay alguna mujer haciéndote compañía o algún criado atendiendo todos tus deseos.

–Es una de las cargas de haber nacido en una familia rica –respondió él–. Todos se muestran amables y atentos contigo, pero nunca sabes si lo hacen porque de verdad les gusta tu compañía o porque esperan conseguir algo de ti.

–Si pudiera elegir, preferiría vivir en tu lado del mundo –bromeó Sienna–. Además, ¿quién necesita amigos cuando tienes montañas de dinero?

–¿De verdad crees eso? ¿De verdad crees que el dinero da la felicidad?

–No lo sé, te lo diré el día que reciba el dinero en mi cuenta dentro de seis meses –respondió ella–. Aunque un *château* gratis tampoco estaría mal.

Andreas apretó los labios.

–No vas a conseguir el *château*.

–Relájate, solo estaba bromeando. No quiero tu precioso *château*. Seguramente estará encantado por tus ancestros.

–Intenta no meterte en líos –dijo él mientras se dirigía a la puerta–. Y recuerda: cuando hables con alguien, estamos de luna de miel.

Sienna enarcó una ceja.

–Eres tú quien me deja sola en cuanto tiene una oportunidad.

Andreas volvió para colocarse al lado de la cama.

–¿Has cambiado de opinión, *cara*?

Ella sintió que se le ponía la piel de gallina.

–No, aún no. Tú no puedes darme lo que quiero.

Él tomó su cara entre las manos.

–¿Y qué es lo que quieres? ¿Un final feliz, una promesa de amor eterno?

Sienna tuvo que hacer un esfuerzo para no cerrar los ojos.

–Claro que no. Ninguno de los dos quiere eso.

–Podríamos pasarlo bien durante estos seis meses, *ma chérie*. Es una pena no aprovechar la situación, ¿no te parece? ¿Por qué no explorar las posibilidades?

Sienna no podía pensar cuando la miraba de ese modo. Esos ojos pardos prometían el cielo y lo deseaba más que nada, aunque sabía que probablemente terminaría mal.

¿Durante cuánto tiempo podría decir que no, especialmente después de lo que había ocurrido la noche anterior?

Mientras él inclinaba inexorablemente la cabeza, Sienna intentó llevar aire a sus pulmones, pero el roce de sus labios hizo que sus sentidos despertasen, la suave presión creando un burbujeo en su sangre, y abrió los labios para ponérselo más fácil. Aparentemente, su cuerpo había decidido traicionarla, por mucho que ella dijese lo contrario. Nadie la hacía sentir lo que sentía con él; sus caricias, sus besos hacían que su corazón galopase dentro de su pecho. Quería que la hiciese suya, quería que satisficiera un anhelo que no desaparecía.

–¿De verdad solo has tenido dos novios en toda tu vida?

–Sí –respondió Sienna–. Sé que la prensa siempre me ha hecho parecer una fresca, pero si quieres que te diga la verdad, el sexo nunca me ha interesado. Solo quería que terminase cuanto antes porque no sentía nada en absoluto.

–Seguramente porque no te sentías atraída de verdad por la otra persona –dijo Andreas–. Las primeras veces pueden ser incómodas y no hay que apresurarse. Necesitas tiempo para conocer tu cuerpo... yo me apresuré anoche porque pensé que tenías más experiencia, pero la próxima vez será diferente.

Sienna temblaba de anticipación. ¿Podía arriesgarse a tener una aventura con él? Sería una fiesta sensual que la sostendría durante el resto de su vida. ¿Pero de verdad podía olvidarse de los sentimientos?

Era una apuesta que cada vez la tentaba más.

–Pareces muy seguro de que va a haber una segunda vez. ¿No es un poco arrogante por tu parte?

–Hay una gran diferencia entre arrogancia y confianza –dijo él–. Estoy seguro de que seríamos dinamita juntos, pero no soy tan arrogante como para creer que pudiese durar.

No era la respuesta que Sienna había esperado. Parecía sugerir que solo tenía un interés pasajero en ella, que era más una novedad que una persona que le resultase realmente atractiva.

–¿Alguna mujer te ha interesado durante más de unos meses?

–Algunas más que otras.

–¿Y Portia Briscoe? Ibas a casarte con ella –le recordó Sienna–. ¿Qué pensabas hacer cuando te aburrieses de ella, tener una aventura como hizo tu padre?

Andreas apretó los labios.

–Mi padre le hizo promesas a mi madre que luego no cumplió. Yo no le hice a Portia promesa alguna. Ella sabía lo que buscaba en una esposa y estaba dispuesta a dármelo.

–No es la persona adecuada para ti, Andreas. Y no soy la única que lo piensa.

–¿Ah, no?

–Tu ama de llaves, Elena, piensa lo mismo que yo.

–Supongo que tú crees ser mejor candidata.

–No, pero evidentemente tu padre sí lo pensaba –replicó Sienna–. Si no es eso, no entiendo por qué nos ha metido en este lío. Tal vez quería que te parases a pensar en lo que estabas haciendo. Tal vez no quería que te casaras con una mujer de la que no estabas enamorado.

–¿Y por eso quería que mantuviera una relación de amor-odio contigo?

–Solo durante seis meses –le recordó ella.

Andreas suspiró.

–¿Sabes una cosa? Era más fácil odiarte. Ahora que te conozco mejor, me parece injusto tener esos sentimientos tan negativos.

–¿Estás empezando a enamorarte de mí?

–No estoy más enamorado de ti que tú de mí –respondió Andreas–. Lo que sentimos el uno por el otro es deseo. Y, en mi opinión, cuanto antes lo resolvamos, mejor.

Y luego, sin decir otra palabra, salió de la habitación cerrando la puerta tras él.

Más tarde, Sienna volvía de hacer fotografías en los campos de lavanda cuando vio a Andreas a lo lejos, inspeccionando los viñedos.

Levantó la cámara y lo capturó perdido en sus pensamientos o guiñando los ojos mientras miraba el cielo, tomando una hoja del viñedo y acariciándola entre los dedos. Pero entonces, como si se hubiera dado cuenta de que estaba siendo observado, Andreas giró la cabeza y la miró directamente.

Sienna bajó la cámara mientras se dirigía hacia ella a grandes zancadas, sus poderosos muslos haciendo que sintiera un hormigueo en el bajo vientre. Tenía un aspecto tan arrogantemente masculino con los vaqueros oscuros y la camiseta ajustada que marcaba sus pectorales y su estómago plano. Había sentido todo ese poder dentro de ella...

Y quería sentirlo de nuevo.

Andreas se detuvo frente a ella, casi bloqueando el sol con su estatura.

–¿Vas a decirme qué estás haciendo? –le preguntó.

–No es ningún secreto, estaba haciendo fotografías –respondió Sienna–. Eres un sujeto muy interesante cuando no sabes que te están fotografiando, como la mayoría de la gente. Es difícil conseguir una pose natural cuando saben que están siendo observados.

–¿Desde cuándo haces fotografías?

Sienna se encogió de hombros.

–Desde hace algún tiempo.

Andreas tomó la cámara digital para echar un vistazo.

–Tienes buen ojo. ¿Es una afición o algo a lo que quieres dedicarte profesionalmente?

–Perdí mi trabajo cuando Brian murió –respondió Sienna–. Sus hijos no querían saber nada de mí y eso me hizo pensar en ser mi propia jefa en lugar de depender de otros. Sé que tardaría algún tiempo en establecerme, pero me gustaría intentarlo. Claro que necesitaría un equipo mucho más profesional y tendría que alquilar un estudio. Hasta ahora no he podido permitírmelo, pero cuando pasen los seis meses... bueno, entonces sí podré hacerlo, ¿verdad?

Andreas la miraba, pensativo.

–¿Por qué me hiciste creer que solo querías el dinero para irte de juerga?

–Porque no sé si podré ganarme la vida como fotógrafa. Hay mucha competencia en esta profesión y no me hago ilusiones, sé que no soy mejor que los demás.

–¿Dónde te gustaría trabajar?

–En Londres. Pero sería divertido viajar haciendo fotografías por todo el mundo, ¿no? Incluso podría publicar un libro –Sienna sonrió–. Y tú podrías contarle a todo el mundo que me conociste antes de que me hiciera famosa.

–Seguro que te iría bien. Pareces tener un don para caer de pie sean cuales sean las circunstancias.

Ella se apartó el pelo de la cara.

–¿Qué harás con este sitio una vez que lo hayas heredado? ¿Vas a vivir aquí o seguirás en Florencia?

–Aún no es seguro que vaya a heredarlo y sería una tontería por mi parte hacer planes.

–No confías en mí, ¿verdad?

–Esta es una propiedad muy valiosa. Supongo que te habrás dado cuenta de que vale cinco o seis veces más que el dinero que vas a recibir. ¿Por qué iba a confiar en ti?

–No, claro. ¿Por qué?

Andreas dejó escapar un suspiro de irritación.

–Sé que he cometido errores contigo, pero sería un tonto si diera por sentado que vas a respetar los términos del acuerdo. No tienes una profesión fija ni una casa... ¿cómo sabes lo que vas a querer dentro de seis semanas y mucho menos dentro de seis meses?

–Sé muy bien lo que quiero –respondió ella–. Y sigo odiándote, por cierto.

–Será mejor que lo hagas –dijo Andreas, volviéndose hacia el viñedo–. Así todo será más fácil para los dos.

–¿Por qué nos vamos tan pronto? –preguntó Sienna esa tarde, mientras Andreas metía las maletas en el coche. Simone le había dicho que *monsieur* Ferrante quería volver a Florencia de inmediato–. Pensé que íbamos a quedarnos unos días.

–Ya he visto todo lo que tenía que ver –respondió

él, cerrando el maletero–. Los Perrault llevan el *château* perfectamente y tengo asuntos que atender en Florencia.

–¿No te preocupa lo que podría decir la prensa si acortamos nuestra luna de miel?

–Pensé que estabas deseando volver a ver a tu perro vagabundo.

–¿Entonces lo haces por mí? –preguntó ella, escéptica.

–Lo hago por los dos –respondió Andreas, abriendo la puerta del coche.

Sienna no vio mucho a Andreas cuando volvieron de Francia. Se iba de casa muy temprano y volvía cuando ella ya estaba en la cama. Que se comunicase con ella a través del ama de llaves la hacía sentir como una invitada molesta.

Claro que era eso en realidad. Andreas había planeado su vida con meticulosa precisión y Sienna no era parte de ella. De hecho, era la última mujer con la que hubiera querido casarse, pero el testamento de su padre lo había cambiado todo.

Y también ese breve momento de intimidad en Chalvy. Sin embargo, desde entonces había mantenido las distancias.

Tal vez estaba saliendo con alguien, pensó. Tal vez ya había encontrado a una mujer con la que satisfacer sus deseos. ¿Tendría que mirar hacia otro lado durante esos seis meses? ¿Lo estaba haciendo para obligarla a renegar del acuerdo?

Después de todo, era ella quien más tenía que perder. Lo único que Andreas debía hacer era esperar. Su falta de experiencia debía de ser un aburrimiento para alguien tan experto como él y probablemente estaba deseando librarse de ella.

Sienna estaba segura de que Elena sabía que no compartían cama, pero el ama de llaves era lo bastante discreta como para no decir nada.

Sí había mencionado, sin embargo, lo ocupado que estaba diseñando una colección de muebles por encargo de un multimillonario americano.

—Apenas duerme por las noches –le dijo–. Se pasa horas en la oficina, pero cuando termine podrá relajarse. Tal vez entonces la llevará a algún sitio bonito de luna de miel. Debe de sentirse sola en casa todo el día.

—No estoy sola –dijo Sienna–. Tengo a Scraps para hacerme compañía.

Elena sonrió, indulgente.

—Será más fácil cuando un *bambino* o dos la mantengan ocupada.

Sienna intentó no imaginar un bebé de pelo oscuro y ojos pardos, pero la imagen ya había aparecido en su cerebro.

Intentó pensar en una casa en Londres, una casa lujosa con un estudio y un jardín. Y dinero en el banco... mucho dinero.

Ese era su objetivo, no casarse con Andreas y tener hijos.

Sienna bajó a cenar una noche y encontró a Andreas en el salón, tomando un aperitivo.

–No sabía que fuéramos a cenar juntos –dijo él.

Ella lo miró, con la barbilla orgullosamente levantada.

–Prefiero irritarte con mi presencia, ya que has estado evitándome durante toda la semana.

Él esbozó una media sonrisa.

–¿Te sientes sola?

Sienna tomó la copa de vino que le ofrecía.

–No, en absoluto. Pero me pregunto qué dirá tu ama de llaves al ver que pasas todo el día en la oficina.

–Elena está empleada para atender la villa, no para especular sobre mi vida privada. Además, si estás aburrida, ¿por qué no te vas a dar una vuelta en el coche?

–No estoy aburrida, tengo muchas cosas que hacer, pero no me gusta fingir que todo va bien entre nosotros cuando no es verdad.

–Solo hay una forma de cambiar eso –dijo Andreas, mirándola con los ojos brillantes–. Puedes mudarte a mi habitación esta misma noche.

A Sienna se le encogió el estómago.

–Pero si ni siquiera nos caemos bien.

–Eso no tiene nada que ver, lo que importa es que seamos compatibles en la cama. He tenido amantes que no me caían nada bien, pero eran unas compañeras sexuales perfectas.

–¿Has estado enamorado alguna vez? –le preguntó Sienna.

–No –respondió él–. No digo que el amor no exista, pero a mí no me ha pasado –Andreas tomó un sorbo de vino–. ¿Y a ti?

–Creo que mi hermana gemela ha acaparado todo

el amor que correspondía a esta familia –bromeó Sienna–. Nunca he visto a dos personas más enamoradas que Gisele y Emilio. No habrás olvidado su boda, ¿verdad? Se casan dentro de tres semanas. He llamado a tu secretaria para que lo anotase en tu agenda porque yo tengo que irme un par de días para echarle una mano.

–No lo había olvidado –respondió Andreas–. De hecho, estoy deseando conocer a tu hermana.

–No nos parecemos nada. Bueno, físicamente sí, pero nada más.

–Debéis de tener algo más en común.

–No, no mucho. Gisele es cariñosa y dulce, pero al no haber tenido las mismas experiencias, queremos cosas diferentes de la vida. Me he preguntado alguna vez si sería igual de haber crecido juntas, pero nunca lo sabré.

Él la estudió un momento, como si quisiera memorizar sus facciones.

–¿Crees que podré diferenciaros?

–Te contaré un secreto: mi hermana será la que vaya vestida de blanco –bromeó Sienna–. Ah, y llevará una alianza en el dedo a juego con el fabuloso anillo de diamantes que Emilio le regaló.

–Eso me recuerda que tengo algo para ti –dijo Andreas, dejando la copa sobre la mesa para sacar una cajita del bolsillo–. Puede que lo reconozcas. Perteneció a mi madre y a mi abuela antes que a ella.

Dentro de la cajita había un anillo de diamantes y zafiros que Evaline Ferrante había llevado a menudo.

–Sí, lo reconozco –le dijo, mirándolo con el ceño fruncido–. ¿Pero no deberías guardarlo para tu futura esposa?

–Si no te gusta, puedo comprarte otro.

Sienna no entendía su expresión o su tono antipático.

–Claro que me gusta –le dijo, poniéndoselo en el dedo–. Siempre me había parecido precioso, pero te lo devolveré cuando nos divorciemos. Es lo más justo.

–Muy bien –Andreas volvió a llenar su copa–. Me he dado cuenta de que no llevas joyas. ¿Qué fue de los diamantes que llevabas cuando estabas casada con Littlemore?

–Se los devolví a la familia cuando Brian murió. También eran una herencia, como este anillo.

Andreas la miró, pensativo.

–Por lo que decía la prensa, su familia nunca te aceptó.

–Los hijos de Brian habían querido mucho a su madre y no aceptaron que nadie más ocupara su puesto. Y era comprensible.

–¿Crees que habrían aceptado a su amante?

–No –murmuró ella, apartando la mirada.

–Y, sin embargo, según cuentan, tenía una aventura desde hacía muchos años. Me parece extraño que se casara contigo y no con ella.

Sienna se encogió de hombros.

–No sé por qué lo hizo.

–Eres muy leal a Littlemore, ¿verdad?

–¿Por qué no iba a serlo? Se portó muy bien conmigo.

–¿Por qué no se casó con su amante? –insistió Andreas–. ¿Por qué decidió casarse con una mujer que tenía la edad de su hija?

–Tal vez su amante ya estaba casada.

Él levantó su barbilla con un dedo.

—Esa no es la razón, ¿verdad?

Sienna permaneció en silencio. El intenso escrutinio de sus ojos pardos hacía que su corazón latiese más aprisa. Cada día era más difícil esconderle cosas. Parecía quitarle capas de piel para llegar hasta su corazón...

—Brian Littlemore no tenía una aventura con una mujer, ¿verdad que no? Su amante era un hombre —dijo Andreas entonces.

Sienna tragó saliva.

—Eso no es verdad.

—No me mientas, *cara*. Puedes ser sincera conmigo sobre esto. No saldrá de esta habitación, te lo prometo.

Ella se mordió los labios.

—¿Cómo lo has descubierto? Se supone que no lo sabe nadie. Brian no quería que sus hijos se enterasen porque pensaba que no lo entenderían. Si esto se hiciera público, le haría daño a mucha gente...

—Yo he llegado a esa conclusión e imagino que muchos otros lo habrán hecho también.

—Brian quería proteger a su familia —insistió Sienna—. Sus padres eran muy conservadores y se habrían llevado un disgusto tremendo, así que hizo lo que se esperaba de él: se casó y formó una familia. E incluso tras la muerte de su mujer quiso mantener las apariencias, pero no sabes lo difícil que era para él. Estaba atrapado. No debes contárselo a nadie, Andreas.

—No lo haré —le aseguró él—. Pero no entiendo que te preocupe tanto una familia que te echó del negocio en cuanto Brian murió.

Sienna miró sus cálidos ojos pardos y sintió un pellizco en el pecho. No quería perder el control de sus sentimientos y enamorarse de Andreas sería el mayor error de su vida. Tenía que ser fuerte para marcharse cuando llegase el momento.

—Me importa lo que quería Brian. Él confiaba en mí y no quiero traicionar esa confianza.

Andreas acarició su mejilla con el pulgar, una caricia que la hacía sentir como si sus terminaciones nerviosas estuvieran a flor de piel.

—¿Estabas dispuesta a dejar que pensara que eras una buscavidas para proteger su secreto? ¿Mi opinión sobre ti no te importa nada?

Sienna se pasó la lengua por los labios.

—Imagino que dentro de seis meses lo que pienses de mí no será relevante. No nos movemos en los mismos círculos y probablemente no volveremos a vernos.

—Eso sería una pena, ¿no te parece?

—¿Por qué?

—Porque tengo la impresión de que voy a echar de menos hacer esto —respondió Andreas, antes de inclinar la cabeza para besarla.

Capítulo 9

SIENNA sintió la suave presión de sus labios. Era un beso suave, sin urgencias, sin pasión descontrolada, solo sus labios moviéndose sobre los suyos, explorándolos.

Ella le devolvió el beso de la misma manera, rozándolo y apartándose, rozándolo de nuevo, variando la presión, pero no la intensidad.

Era un beso para conocerse, el primer beso romántico entre dos personas que se sentían atraídas la una por la otra, pero que tenían cuidado de no sobrepasar el límite. Ninguna otra parte de su cuerpo se tocaba; Andreas no la abrazó, ella no le echó los brazos al cuello. Solo se rozaban sus labios, pero aun así sus entrañas se derretían como la cera de una vela bajo el calor del sol.

Después de interminables y ensoñadores minutos, Andreas se apartó, mirándola con expresión burlona.

—Tienes una boca deliciosa. Es sorprendentemente suave considerando que tienes una lengua muy afilada.

Sienna no pudo disimular una sonrisa.

—Sí, bueno... reconozco que tú eres capaz de sacar lo peor de mí.

—Tampoco tú sacas lo mejor de mí —dijo él—. Pero

tal vez cuando hayan pasado estos seis meses podremos ser amigos. ¿Crees que es posible, *ma petite*?

Sienna dejó escapar un suspiro.

—No sé si podría pensar en ti como un amigo. Pero imagino que tendré que encontrar a otro con el que afilar mis garras.

Andreas acarició su mejilla por última vez antes de bajar la mano.

—Seguro que con otro no lo pasarías tan bien como conmigo —le dijo, con expresión inescrutable.

Sienna tenía la impresión de que no estaba hablando solo de sus peleas verbales. Y lo absurdo era que no podía imaginarse besando a otro hombre. No podía imaginar a otro acariciándola y haciéndole el amor.

Solo quería a Andreas.

Pero era ridículo, él solo quería el *château*. Ella no era más que un medio para conseguir un fin. En seis meses, todo habría terminado y la dejaría como su padre había dejado a su madre.

Aquello no era para siempre.

—Tal vez no, pero, si no lo intento, no lo sabré nunca, ¿no te parece?

Andreas asintió, con los ojos brillantes.

—Deberíamos cenar —dijo entonces—. Después, tengo que ponerme a trabajar.

—¿Es que nunca descansas? No puedes seguir a este ritmo. No es sano.

—Mucha gente depende de mí para vivir —respondió Andreas, pasándose una mano por el pelo—. La muerte de mi padre no podría haber ocurrido en peor momento.

—No creo que muriese para fastidiarte —replicó Sienna.

–No estés tan segura.

–¿De verdad lo odiabas?

Él dejó escapar un largo suspiro.

–De niño, era mi héroe –le confesó–. Quería ser como él cuando creciera: un hombre de éxito, alguien importante. Pero a medida que fui haciéndome mayor empecé a ver que, como la mayoría de la gente, tenía un lado oscuro. Era un hombre dominado por sus emociones, egoísta y a veces increíblemente implacable. Explotó el amor que mi madre sentía por él, pero no creo que la amase nunca. Creo que solo se casó con ella porque sabía que no le plantaría cara y, sencillamente, aceptaría lo que él dijese. Ella podría haberlo abandonado por su aventura con tu madre, pero no lo hizo.

–Y parece que tu padre no quería que tú cometieras el mismo error al elegir esposa, ¿no crees? –sugirió Sienna.

–¿Qué quieres decir?

–La perfecta Portia, la esposa que nunca metería la pata. La esposa que miraría hacia otro lado si tú tuvieras una aventura. Ese era el matrimonio que tenías planeado, ¿no?

Andreas frunció el ceño.

–No sabes lo que estás diciendo.

–¿Ah, no? –lo retó ella, enarcando una ceja.

–He cambiado de opinión sobre la cena. Vuelvo a la oficina –dijo Andreas entonces, irritado–. Nos veremos mañana.

Sienna no estaba cuando Andreas volvió a casa al día siguiente. La villa le parecía completamente diferente sin ella; el aire no contenía ese embriagador perfume suyo y los cojines del sofá estaban colocados en su sitio. No había vasos por todas partes, ni revistas y la televisión no estaba puesta a todo volumen.

Todo era paz y tranquilidad. Todo muy ordenado y limpio, pero estéril.

Un poco como su vida.

Andreas apartó de sí tal pensamiento y sacó el móvil del bolsillo para llamarla.

—¿Dónde estás? —le espetó.

—A punto de llegar a casa —respondió Sienna.

—¿De dónde vienes?

—He estado... en el médico.

—¿Estás enferma?

—No, en realidad no.

Andreas sabía que le estaba ocultando algo.

—¿Se puede saber qué te pasa?

—He tenido un pequeño accidente y me han dado un par de puntos en la mano. Pero no es nada serio.

—¿Qué ha pasado?

—Estoy bien, pero tienes que prometerme que no te librarás de Scraps.

Andreas frunció el ceño.

—¿Ese chucho te ha mordido?

—Fue culpa mía —respondió Sienna—. Intenté acercarme demasiado para ponerle una pomada en la pata porque tiene una herida y el pobre me mordió porque le hice daño.

—Te advertí que te alejarás de ese perro —dijo Andreas, enfadado—. ¿Puedes conducir?

—Claro. Voy conduciendo ahora mismo.

–¿Por qué no le has pedido a Franco que te llevase al médico?

–Estás empezando a asustarme –bromeó Sienna–. Pareces un marido enamorado.

Andreas se acercó a la ventana por si la veía llegar.

–Estás conduciendo un coche muy caro y necesitas las dos manos, no una sola.

–No voy a cargarme tu precioso coche –replicó ella, antes de cortar la comunicación.

Sienna detuvo el coche frente a la entrada de la villa, pero no tuvo tiempo de quitar la llave del contacto porque Andreas abrió la puerta, furioso.

–¿Por qué no me has llamado?

–No exageres, solo ha sido un arañazo.

Él tomó su mano vendada.

–¿Cuántos puntos te han dado?

–Cinco –respondió ella.

–¿Cinco puntos? –exclamó Andreas, alarmado–. Eso no es un arañazo. Podrías haber perdido un dedo.

–Pero no lo he perdido.

–Ese perro tiene que irse de aquí. Le pediré a Franco...

–No vas a hacer nada. Si le haces algo al perro, te juro que no vuelvo a dirigirte la palabra en mi vida.

Sus ojos se encontraron entonces.

–¿Por qué estás tan decidida a rescatar a un perro que, claramente, no quiere ser rescatado?

Sienna levantó la barbilla, retadora.

–Claro que quiere ser rescatado, lo que pasa es que no sabe en quién confiar. Pero lo hará, solo hay que ser paciente.

Andreas masculló una palabrota mientras la tomaba del brazo para llevarla al interior de la casa.

–Me va a dar un ataque al corazón por tu culpa, *ma petite*. No sabía que una mujer tan pequeña pudiese provocar tal caos.

Sienna lo miró, con gesto impertinente.

–Menos mal que solo van a ser unos meses, ¿no? Cuando esto termine podrás volver a tu ordenada vida y olvidarte de mí.

–Lo estoy deseando –murmuró Andreas.

Capítulo 10

SIENNA despertó durante la noche, cuando pasó el efecto del anestésico. Los analgésicos que le había dado el médico seguían en su bolso, dentro del coche... el nerviosismo de Andreas había hecho que lo olvidase.

Suspirando, apartó las sábanas y bajó al primer piso. Cuando pasaba frente al estudio de Andreas vio luz por debajo de la puerta y lo oyó teclear en su ordenador...

Sienna pasó de puntillas, pero uno de los tablones del suelo crujió y la puerta del estudio se abrió de golpe.

–¿Qué haces?

–Iba a salir...

–¿Para qué?

–Me he dejado el bolso en el coche y dentro están los analgésicos que me ha dado el médico.

–¿Por qué no me lo has pedido?

–Porque me ha empezado a doler ahora –respondió ella.

–Sube a tu habitación, yo te lo llevaré.

Sienna volvió a su habitación, suspirando, y se dejó caer sobre la cama. Unos minutos después, Andreas subió con el bolso y un vaso de agua.

–Gracias.

–¿Te duele mucho?

–No, solo un poco –respondió ella, después de tomar una pastilla.

Andreas tenía una mano apoyada en la cama, a pocos centímetros de la suya, y movió un poco el pulgar para acariciarla. Ese simple roce fue suficiente para provocar una tormenta en su interior.

Miraba su boca y era como si estuviera besándola, tanto que le quemaban los labios y tuvo que pasarse la lengua por ellos.

Andreas levantó una mano para rozar su cara, trazando la curva de su labio superior con la yema del dedo en una caricia tan íntima...

–Te deseo –dijo Sienna.

Los ojos de Andreas, oscuros, intensos y serios, brillaban como nunca.

–¿Eres tú quien habla o los analgésicos?

–Soy yo –respondió ella, poniendo una mano sobre su cara–. Quiero que me hagas el amor.

Él tomó esa mano para besarla, el roce de sus labios obligándola a cerrar los ojos.

–Yo también te deseo –dijo Andreas–. Me estás volviendo loco.

–Creo que los dos estamos un poco locos. Nos odiamos, nos deseamos...

–Es una locura –asintió él, enterrando los dedos en su pelo.

El deseo que había entre ellos era explosivo, imparable, creando un río de lava ardiente entre sus piernas. Dejando escapar un suspiro de placer, Sienna se abrió para él y Andreas jugó con su lengua, bailando con ella, enseñándole cómo le gustaba.

La barrera del delgado camisón no era barrera en absoluto para sus manos. Al contrario, el roce de la tela intensificaba las sensaciones. Pero cuando Andreas apartó la tela y envolvió uno de sus pezones con la boca, haciendo círculos sobre la aureola, Sienna suspiró de placer, su corazón latiendo a un ritmo frenético.

–Vamos a quitarte esto –murmuró él, tirando del camisón. Sienna se sentía extrañamente cómoda sin ropa, notando cómo la devoraba con los ojos–. Eres increíblemente hermosa... y tu piel es como la seda.

–Quiero tocarte –Sienna empezó a desabrochar los botones de su camisa, pero no llegó muy lejos con una sola mano.

–Espera un momento –Andreas se apartó para ponerse en pie, mirándola mientras se quitaba la camisa.

Sienna seguía con los ojos cada movimiento. Verlo totalmente desnudo por primera vez la hacía temblar de anticipación. Era fibroso, fuerte, con un nido de vello negro entre las piernas del que brotaba su impresionante erección.

Él sacó un preservativo de la cartera y se tumbó a su lado.

–¿Estás completamente segura? –le preguntó–. No es demasiado tarde para echarse atrás. No quiero hacerte daño y tu mano...

–Mi mano está perfectamente –lo interrumpió Sienna–. Quiero esto, te deseo.

Andreas se tomó su tiempo, acariciándola por todas partes, haciéndola sentir algo que nunca había sentido antes. No conocía sus zonas erógenas y no sabía lo delicioso que era sentir sus caricias en el interior de los muslos...

No sabía que perdería la cabeza cuando él abrió suavemente sus femeninos pliegues con los dedos para luego acariciarlos con la lengua. Su cuerpo respondía con una energía sensual que la tomó por sorpresa. Era como una ola gigante que no terminaba nunca de envolverla, dejándola sin respiración, revolcándola hasta dejarla agotada, sin aliento.

Sienna abrió los ojos, atónita.

–Vaya...

–Y aún hay más –bromeó Andreas.

–¿Más?

Él esbozó una sonrisa que la hizo temblar de nuevo.

–Iré despacio –le prometió–. Eres muy estrecha y no quiero hacerte daño. Relájate, debes ajustarte a mí, no cerrarte.

Sienna suspiró de placer mientras se colocaba encima, apoyándose en las manos para no aplastarla. Le encantaba el roce de sus muslos, cubiertos de vello, y que la acariciase casi con reverencia, sin dejar de besarla, asegurándose de que estuviera húmeda antes de penetrarla y deteniéndose mientras su cuerpo se acostumbraba a la invasión.

Sienna sintió que sus músculos internos lo envolvían y se arqueó hacia él para estar más cerca...

–¿Te gusta?

Andreas pasó una mano por su pelo.

–Desde luego que sí –respondió.

Y luego, cerrando los ojos, empezó a moverse adelante y atrás, llevándola con él al paraíso.

Andreas miraba a Sienna dormir. Estaba tumbada de lado, con la mano vendada entre los dos, el pelo extendido sobre la almohada.

Había hecho el amor muchas veces y con muchas mujeres en su vida y siempre había disfrutado, pero hacerlo con Sienna era algo mucho más satisfactorio, una experiencia abrumadora que lo conmovía...

Claro que ella lo sorprendía continuamente, ese era parte de su encanto. Nunca sabía qué esperar de ella porque era totalmente impredecible.

Sienna abrió los ojos de repente y esbozó una sonrisa adormilada.

–He tenido un sueño asombroso. Un multimillonario guapísimo me hacía el amor... en la vida real le odio a muerte, pero en el sueño era mágico. ¿A que ha sido un sueño muy raro?

Andreas sonrió mientras acariciaba su mejilla.

–¿Seguro que lo odias a muerte en la vida real?

–Pues... no tanto como antes, pero no estoy enamorada de él ni nada parecido.

–¿Entonces cuál es el plan? ¿Una aventura corta para quitárnoslo de encima?

Ella pasó un dedo por su esternón, haciendo que el corazón de Andreas casi saltara de su caja.

–Ese es el plan –respondió–. Cinco meses más o menos serán suficientes, ¿no te parece?

Él estudió su boca durante un segundo.

–¿Y si el multimillonario guapísimo quisiera ampliar el plazo un poco más?

Sienna lo miró, en silencio.

–¿Por qué iba a querer eso?

–Tal vez le guste que tú desordenes su ordenada vida –respondió Andreas.

–No lo creo –dijo ella, haciendo esa cosa tan sexy con el dedo–. Nos volvemos locos el uno al otro.

Cuando rozó su erección, Andreas contuvo el aliento. Su suave piel era como un guante de seda...

Sienna sonrió mientras inclinaba la cabeza, su pelo haciéndole cosquillas en el abdomen cuando empezó a acariciarlo con la boca. Dejó escapar un gemido mientras lo lamía como un gatito, pero luego se convirtió en una tigresa que parecía querer devorarlo. Intentó apartarse, pero ella lo empujó contra la cama con expresión decidida.

–No te muevas.

–No tienes que hacerlo –dijo él, intentando recuperar el control.

–Tú me lo has hecho a mí.

–Eso es diferente –murmuró Andreas, con voz ronca.

–Todo vale en el amor y la guerra –le recordó ella.

–¿Y esto qué es, el amor o la guerra?

Sienna se apartó el pelo de la cara, en sus ojos un brillo travieso.

–La guerra –respondió, antes de inclinar la cabeza de nuevo para cantar victoria.

Capítulo 11

EN LAS semanas previas a la boda de su hermana, Sienna se asentó en la vida de Andreas como si siempre hubiera estado allí. Por tácito acuerdo, no hablaron del futuro, pero su aventura seguía siendo tan apasionada como esa primera noche.

Se había preguntado muchas veces si el ardor de Andreas se apagaría con el tiempo, pero no había sido así y se veía constantemente sorprendida por la capacidad de su cuerpo para sentir placer. Su mezcla de ternura y atrevimiento como amante la dejaba sin aliento. Solo tenía que mirarla de cierta manera y temblaba de anticipación. Se había vuelto más aventurera, más atrevida, y tenía más confianza en sí misma a medida que pasaban los días. Además, le gustaba pillarlo por sorpresa, seducirlo cuando menos lo esperaba.

Andreas era un amante generoso que la llenaba de regalos. Le había comprado una sofisticada cámara y un ordenador para guardar sus fotografías. Incluso la había animado a imprimirlas de manera profesional y había enmarcado algunas para colgarlas en su oficina de Florencia.

Sienna se preguntó si seguirían colgadas allí una vez que su matrimonio se hubiera roto.

El otro proyecto con el que Andreas la había ayudado era Scraps. Con mucho cuidado y paciencia, el perro empezaba a sentirse cómodo con ellos. Andreas se negaba a dejarlo entrar en casa, pero Sienna se contentaba con saber que Scraps estaba sano y feliz.

Por una vez en la vida, la prensa la dejó en paz. Parecían aceptar que Andreas y ella estaban felizmente casados y, aparte de alguna fotografía cenando en algún famoso restaurante o acudiendo a una gala benéfica, no los molestaban en absoluto.

Sienna sabía que no duraría, pero intentaba no pensar en ello. Empezaba a dársele muy bien no pensar en las cosas que la molestaban; la negación se había convertido en su constante compañera. En cuanto un pensamiento preocupante aparecía en su cabeza, ella lo apartaba. Como sus sentimientos por Andreas, por ejemplo.

Se negaba a pensar en lo que pasaría transcurridos los seis meses, cuando cada uno se iría por su lado.

En cuanto a lo que Andreas sentía por ella, sabía que era igualmente peligroso examinarlo de cerca. Él tenía un objetivo y, en unos meses, lo conseguiría. Se haría cargo del *château* y seguiría adelante con su vida. Sin ella.

Nunca hablaba de sus sentimientos. Era atento y afectuoso, incluso juguetón, pero alguna vez lo encontraba mirándola con el ceño fruncido, como si no estuviera seguro de qué iba a hacer con ella.

Sienna sospechaba que lo encantaba y lo frustraba al mismo tiempo.

Una mañana, Andreas entró en el dormitorio que compartían cuando estaba intentando decidir qué ropa debía llevarse a Roma para ayudar a su hermana con los preparativos de la boda.

—Has vuelto temprano.

Andreas frunció el ceño.

—¿Tienes que sacar todo del armario cuando vas a vestirte?

Sienna torció el gesto.

—Estoy intentando hacer la maleta.

—¿Por qué?

—Porque me voy a Roma, ¿recuerdas? A la boda de mi hermana. Si no quieres ir, no tienes por qué hacerlo, nadie te va a presionar. Imagino que ir a una boda de verdad donde la pareja se quiere te abriría los ojos.

—¿Qué significa eso?

—Averígualo tú mismo —respondió ella, sacando la maleta del armario.

—¿Se puede saber qué te pasa? —exclamó Andreas, tomándola por la muñeca.

—¿A mí? Eres tú quien se porta como un ogro. ¡Y quítame las manos de encima!

—Esta mañana no te importaba que te tocase.

—Pero ahora no quiero que lo hagas.

Andreas tiró de ella, apretándola contra su torso.

—Demuéstralo.

—No tengo que demostrar nada —dijo Sienna, empujándolo. Pero era como intentar mover un rascacielos.

—Dame un beso y te dejaré ir —le propuso Andreas.

—Muy bien —asintió ella, decidida a demostrarle que era capaz de resistirse. Haría con ese reto lo que hacía con los pensamientos que no eran bienvenidos: apartarlos de su cabeza—. Bésame, niño rico.

Andreas inclinó la cabeza, rozando la comisura de sus labios con la punta de la lengua. El roce de su barba la hacía sentir ese cosquilleo traidor entre la piernas...

–Estás haciendo trampas –protestó.

–¿Por qué?

–Has dicho que ibas a besarme, pero aún no me has besado.

–Estoy empezando a hacerlo –dijo Andreas, volviendo a rozar esa esquina de su boca.

Sienna dejó escapar un gemido. Aún no la había besado y, sin embargo, ya estaba temblando como un diapasón.

Por fin, cuando no pudo soportarlo más, agarró su cabeza con las dos manos para besarlo. Pero Andreas tomó el control de inmediato; la sensual invasión de su lengua destruyendo cualquier esperanza de resistirse. Sienna se apretó contra él, frotándose contra su erección, deleitándose con la sexual energía que había entre ellos.

–Quítate la ropa –dijo Andreas con voz ronca, mientras tiraba de su camiseta.

Sienna cayó sobre el colchón, dejando escapar un gemido. De alguna forma, sus vaqueros y zapatillas desaparecieron a toda velocidad y, de repente, estaba desnuda y temblando. Andreas abrió sus piernas y, después de ponerse un preservativo, se colocó entre ellas, moviéndose con un ritmo primitivo que le ponía la piel de gallina.

El ritmo era cada vez más rápido, la cruda urgencia haciendo que Sienna envolviera las piernas en su cintura, desesperada por retener la sensación el mayor tiempo posible.

Nunca había sentido nada así. Los espasmos sacudieron su cuerpo unos segundos antes de que Andreas se derramase en su interior; los músculos de su espalda y hombros relajándose por fin mientras los acariciaba.

En ese momento de silencio, cuando los dos estaban saciados y agotados, sintió que la coraza que cubría su corazón caía como si un escultor la hubiese arrancado con un cincel.

Y eso la asustó.

No podía dejar que pasara.

Tenía que matar aquel sentimiento antes de que echase raíces.

—Apártate —murmuró, empujándolo.

Andreas frunció el ceño.

—¿Qué ocurre, *ma petite*?

—¿Por qué siempre tienes que hablar en dos idiomas? Me desconcierta.

—Tú hablas los dos idiomas, de modo que no te desconcierta en absoluto.

—Estoy desconcertada —insistió Sienna, tomando un albornoz para cubrir su desnudez.

Andreas se levantó de la cama y puso las manos sobre sus hombros.

—¿Qué es lo que te desconcierta, *cara*?

Ella se apartó, fingiendo buscar algo en el armario.

—Creo que la boda de mi hermana me ha afectado más de lo que yo creía. Ha sido tan... diferente a la nuestra.

—¿Y eso es un problema?

—No —respondió Sienna—. ¿Por que iba a ser un problema? Nosotros no nos hemos casado enamorados y no tenemos toda la vida por delante. Esta aventura resulta entretenida, pero no quiero estar atada a ti más tiempo del necesario.

Andreas se quedó en silencio durante largo rato.

–¿Necesitas ayuda para hacer la maleta? –le preguntó por fin.

Ella se volvió para mirarlo.

–Puedo hacerlo sola. Creo que es hora de que aprenda a solucionar mis propios problemas.

–Tú no has creado este problema. La culpa es de mi padre.

–¿De verdad?

Andreas la miró, pensativo.

–Sospecho que mi padre quería darme una lección. Quería que entendiese lo difícil que es elegir entre lo que creo que quiero y lo que de verdad necesito.

–¿Y has decidido ya qué es lo que necesitas?

Él siguió mirándola en silencio durante unos segundos.

–Sé lo que quiero, pero no estoy seguro de lo que necesito.

–¿Y qué es lo que quieres? –le preguntó Sienna–. ¿Más dinero, más fama y notoriedad?

Andreas la apretó contra su pecho, haciendo que el corazón de Sienna latiese a un ritmo vertiginoso.

–Creo que tú sabes la respuesta a esa pregunta –respondió, antes de apoderarse de su boca una vez más.

Capítulo 12

ESTÁS absolutamente preciosa –dijo Sienna, mientras ajustaba el velo de Gisele–. Emilio se va a quedar sin palabras cuando te vea.

Su hermana sonrió, feliz.

–Andreas va a tener una reacción similar cuando te vea a ti. Estás guapísima.

–Gracias.

Sienna se acercó al espejo para darse un retoque de última hora antes de que Hilary, la madre de Gisele, volviese de la suite en la que estaba arreglándose el pelo. Con todo el jaleo, era la primera vez que estaba a solas con su hermana.

–¿Va todo bien? –le preguntó Gisele.

Sienna se volvió para mirar unos ojos azul grisáceo idénticos a los suyos. Todavía le seguía sorprendiendo el parecido entre ellas. Se parecían tanto y, sin embargo, eran tan diferentes.

–Estoy bien –respondió, esbozando una sonrisa.

Gisele puso una mano sobre su hombro desnudo.

–Andreas y tú sois felices, ¿verdad? Fue un noviazgo relámpago y a veces me he preguntado...

–Pues claro que somos felices –la interrumpió Sienna–. Todo va fenomenal.

–¿No lamentas que no hubiera invitados en tu boda?

–¿Por qué iba a lamentarlo?

Gisele la miró a través del espejo.

–Te he visto mirando a mi madre mientras me ayudaba a vestirme y parecías tan triste. Supongo que debió de ser muy difícil para ti casarte sin tener a tu madre... ¿es por eso por lo que quisiste una boda íntima?

Sienna dejó el brillo de labios sobre la mesa.

–Yo no soy como tú –mintió–. Nunca me ha interesado una gran boda. Para empezar, no sabría organizarla y seguramente se me olvidaría invitar a las personas más importantes o pediría las flores del color equivocado... en fin, no es lo mío.

Gisele sonrió mientras apartaba de su frente un mechón de pelo.

–Eres buena para Andreas –le dijo–. En la cena de la otra noche me di cuenta de que a veces es un poco estirado y distante, tal vez porque lo educaron de una manera muy estricta. No se siente cómodo dejando que la gente se acerque demasiado a él, pero he visto cómo te mira, Sienna. Es como si no pudiera creer lo afortunado que es de haber encontrado a alguien como tú.

Sienna tomó la brocha del colorete, aunque no la necesitaba porque sus mejillas tenían más que suficiente color en ese momento.

–Los dos somos afortunados.

Aunque solo fuera durante unos meses, pensó.

–Será un padre maravilloso –dijo su hermana–. ¿Habéis hablado ya de formar una familia?

Sienna apartó la mirada.

–No, aún no. Él no... no está preparado todavía.

Gisele esbozó una alegre sonrisa.

–Es que tengo una noticia que darte. Me preguntaba si era por eso por lo que Andreas y tú os habíais casado a toda prisa y me parecía tan emocionante que las dos estuviéramos embarazadas al mismo tiempo.

Sienna se volvió tan rápido que estuvo a punto de perder el equilibrio.

–¿Estás embarazada?

–Sí –respondió Gisele, con una radiante sonrisa–. Emilio está muy contento y no se lo hemos contado a nadie todavía, aparte de mi madre, pero quería que tú fueras la primera en saberlo. Vamos a tener gemelos.

–¡Gemelos! –Sienna abrazó a su hermana, intentando desesperadamente ignorar la punzada de envidia que sentía.

No estaba bien tener celos de Gisele. Ella no era la que había anhelado una familia desde que era una cría y no sabría qué hacer con un bebé. Ni siquiera había tenido uno en sus brazos jamás.

¿Qué derecho tenía a preguntarse cómo sería tener un hijo? ¿Sentir esos diminutos miembros moviéndose dentro de ella? ¿Tener en sus brazos a su hijo recién nacido? ¿Respirar su delicioso olor a bebé mientras acariciaba su cabecita?

El anhelo de tener un hijo la sorprendió porque llevaba con él un dolor que era como un peso en el corazón. No habría bebés para ella, Andreas ya había dejado claro que jamás la querría como madre de sus hijos. Y cada vez que hacían el amor usaba preservativo...

Pero no podía imaginarse a sí misma haciendo el amor o besando a otro hombre y no querría el hijo de otro hombre.

–¿Sabes si son gemelos idénticos? –le preguntó a su hermana, pensando en esos dos bebés abrazados como debieron de estarlo Gisele y ella en su momento.

–Sí, la ecografía muestra que comparten la misma placenta.

–¿Y el sexo? ¿Sabes si son niños o niñas?

–Niños –respondió Gisele, poniendo una mano sobre su abdomen–. Después de perder a Lily, jamás pensé que volvería a quedar embarazada, pero esta vez va a ser diferente. Noto que es diferente.

La puerta se abrió en ese momento y Hilary entró en la suite, muy elegante con su nuevo peinado.

–¿Lista, cariño? –le preguntó a Gisele–. Emilio está esperando a su futura esposa.

Sienna le entregó el ramo de flores, intentando sonreír mientras por dentro sentía como si estuviera muriéndose.

Ya había perdido la oportunidad de amar.

¿Habría perdido también la oportunidad de ser madre?

Andreas sintió que su corazón daba un salto dentro de su pecho al ver a Sienna recorriendo el pasillo de la iglesia delante de su hermana. Llevaba un vestido largo de color café con un lazo de color crema atado en la cadera y el cabello elegantemente peinado. Estaba preciosa... claro que también lo estaba su hermana.

Andreas apartó la mirada de Sienna para mirar a Gisele, que parecía flotar por el pasillo de la iglesia con un vestido de satén color marfil y un precioso velo sujeto por una tiara de diamantes. Antes de la cena del día anterior solo la había visto en fotografías y su parecido con Sienna era asombroso, pero en persona era irreal. Era como ver a Sienna en un espejo.

Pensó entonces, con cierto sentimiento de culpa, que así era como Sienna debería haberse casado, como una novia de verdad.

¿Habría querido ella una ceremonia así?

De inmediato, se sintió como un idiota.

¿No soñaban todas las chicas con una boda de cuento de hadas?

Durante el servicio religioso, Sienna miraba a su hermana y al novio con una sonrisa en los labios, pero Andreas no sabía si tenía los ojos empañados de felicidad o de tristeza. Estaba un poco pálida, pensó, y la vio pasarse la lengua por los labios un par de veces, como si estuviera nerviosa.

Pero lo que más lo sorprendió fue que la ceremonia lo conmoviese. Él había ido a muchas bodas y siempre le habían parecido largas y aburridas. Nunca se le había hecho un nudo en la garganta cuando el novio prometía amar y respetar a la novia para siempre.

Emilio Andreoni era un hombre enamorado y se le rompió la voz en un par de ocasiones mientras hacía esas promesas...

Andreas se preguntó si Sienna estaría pensando en su primer beso, mientras se prometían falso amor eterno. Recordaba la electricidad de ese beso cada vez que la besaba desde entonces. La deseaba cada minuto del día... había esperado que el deseo desapareciera, pero era todo lo contrario.

¿Los cinco meses que quedaban serían suficientes para él?

Como era la dama de honor, Sienna estuvo separada de Andreas durante casi todo el banquete y eso aumentó su ansia por ella. Andreas estaba deseando que terminasen las formalidades para poder hacerla suya de nuevo y apretó los puños al ver que un amigo del novio la tomaba por la cintura en la pista de baile...

Él nunca había sentido celos de nadie, pero en aquel momento los sentía y tuvo que apretar los dientes hasta que le dolió la mandíbula.

¿Estaba Sienna tonteando con ese hombre? Lo miraba con esa sonrisa suya tan radiante, su mano izquierda sobre su hombro, la del hombre en su cintura mientras bailaban un romántico vals.

Andreas se levantó de la silla para ir a la pista.

–Me gustaría bailar con mi mujer.

El joven soltó a Sienna y dio un paso atrás.

–Sí, claro –murmuró, antes de alejarse.

Sienna lo miró, sacudiendo la cabeza.

–¿A qué estás jugando? Tenía que bailar con él, es el mejor amigo de Emilio.

–He decidido interrumpir antes de que hicieras el ridículo.

–¿Yo? Eres tú quien está haciendo el ridículo.

–El único hombre con el que deberías bailar soy yo. Estamos casados, ¿recuerdas?

–Solo durante cinco meses más –lo retó Sienna–. Después de eso, seré libre para estar con quien me dé la gana.

–Pero, por el momento, eres mi mujer y espero que actúes de ese modo.

–En realidad, no soy tu mujer. Todo esto es una farsa, un juego absurdo. Me sorprende que nadie se haya dado cuenta, pero estoy segura de que Gisele sospecha algo.

–¿Por qué lo dices?

–Porque me ha hecho muchas preguntas sobre nuestro matrimonio y sobre la razón por la que no quise una boda con muchos invitados –respondió Sienna.

Andreas la llevó bailando hasta una columna, lejos de las miradas de los demás invitados.

–¿Te gustaría haber tenido una boda normal?

–Lo dirás de broma –respondió ella, desdeñosa–. Esto no es un matrimonio, es una patraña. Menos mal que no tuvimos que mentir delante de un sacerdote, en una iglesia llena de invitados. Además, para Gisele es diferente. Mi hermana está enamorada de Emilio y él de ella.

Andreas sostuvo su mirada durante unos segundos y vio que se mordía los labios.

–¿Qué te pasa, Sienna?

–Nada.

–Te conozco bien y sé que te pasa algo, *ma petite*. Siempre te muerdes los labios cuando estás nerviosa o triste.

Ella respiró profundamente.

–Me he puesto sentimental, eso es lo que pasa.

–Ha sido una boda muy conmovedora, es verdad –asintió Andreas–. Es evidente que Gisele y Emilio están enamorados. Nunca había visto una novia más radiante.

–Está embarazada. Van a tener gemelos.

–¿En serio? Imagino que estarás muy contenta por ella.

–Sí, lo estoy –Sienna volvió a morderse los labios, apartando la mirada.

–¿Seguro?

–Menos mal que nosotros usamos siempre preservativo –dijo ella entonces, apartándose–. ¿Te puedes imaginar lo niños tan insoportables que tendríamos tú y yo? Si tuviéramos gemelos, seguro que estarían peleándose desde el momento de la concepción. Me saldrían estrías de las patadas.

Andreas sintió un pellizco en el estómago al imaginar a Sienna embarazada, su cuerpo hinchándose a medida que pasaban los meses. Imaginó a dos niñas de pelo rubio como ella o dos niños de pelo oscuro como él... o uno de cada. Se imaginó a sí mismo viéndolos nacer, teniéndolos en sus brazos, queriéndolos y protegiéndolos para siempre.

Pero puso el freno a tales pensamientos como un piloto de carreras intentando evitar un accidente.

En cuestión de meses tendrían todo lo que querían, se dijo. Él tendría el *château* de Chalvy y Sienna tendría su dinero. No necesitaba la complicación de estar atado a ella para siempre.

La pasión se acabaría tarde o temprano. Su matrimonio era un error, una mentira provocada por los manejos de su padre.

Él no sería un esclavo del deseo.

La pasión se acabaría.

Tenía que ser así.

–Deberíamos volver al banquete –le dijo–. Todo el mundo estará preguntando dónde nos hemos metido.

Capítulo 13

ERA TARDE cuando volvieron al hotel. Sienna se quitó los zapatos y tiró el chal sobre la cama, cansada y triste. Andreas apenas había dicho una palabra desde que volvieron al banquete. Había bailado con ella, pero sus movimientos eran mecánicos, como su relación.

Su matrimonio era una mentira.

Era una farsa comparada con el de su hermana y la hacía sentir como un fraude. ¿Cómo podía haber aceptado algo tan distinto a lo que siempre había querido?

No podía seguir así, decidió, contando mentira tras mentira a todo el mundo. ¿Cuánto tardaría Andreas en darse cuenta de la verdad? Y entonces se convertiría en objeto de compasión, como su madre. Sería la mujer que no era lo bastante bella o lo bastante buena como para retener a Andreas Ferrante.

—Me voy —dijo él entonces.

—¿Qué? —exclamó Sienna—. Pero si es la una de la mañana.

—Necesito un poco de aire fresco.

Ella se encogió de hombros, como si no le importase.

—No te esperaré despierta —le dijo, quitándose las horquillas del pelo.

–Tengo que irme a Washington unos días y le pedido a Franco que venga a buscarte por la mañana.

–¿No quieres que vaya contigo?

–Estaré muy ocupado. El empresario para el que estoy diseñando la colección de muebles quiere que conozca a un colega suyo.

Sienna odiaba sentirse como una amante que había dejado de interesar. ¿Era así como se había sentido su madre? ¿Descartada, traicionada?

Se le encogió el corazón al ver la expresión indescifrable de Andreas. No era importante para él, pensó. ¿Cómo podía haber dejado que eso ocurriera? Había traicionado todos sus valores.

Andreas la había utilizado y se sentía seguro sabiendo que no tenía nada que perder. Si se marchaba, conseguiría lo que quería, lo que siempre había querido, un montón de piedras y cemento, no a ella. Había sido una tonta por creer otra cosa.

–¿No te preocupa lo que diga la prensa?

–Tengo que llevar un negocio, Sienna. No quiero distraerme cuando puedo conseguir un contrato tan importante.

–Muy bien. Entonces, nos veremos cuando nos veamos.

Él no respondió, pero el sonido de la puerta al cerrarse fue respuesta más que suficiente.

–¿Cómo que no está aquí? –exclamó Andreas cuando volvió a la villa una semana después.

Elena levantó las manos en un gesto de inocencia.

–La señora me pidió que le dijera que todo ha terminado. No quiere seguir siendo su esposa.

Andreas tuvo que contener una exclamación.

–¿Cuándo se marchó?

–El día después de la boda de su hermana. Intenté convencerla de que esperase unos días, pero me dijo que había tomado una decisión firme.

–¿Por qué no me llamaste entonces para contármelo?

–Sienna me hizo prometer que no lo haría.

–Deberías haberme informado, Elena. Era tu obligación.

–Tal vez usted debería haberla llamado todos los días, como habría hecho un buen marido. Tal vez entonces Sienna no se habría marchado –le espetó el ama de llaves.

Andreas se pasó una mano por el pelo.

–¿Dónde demonios estará?

–No me dijo dónde iba, pero dejó esto para usted –Elena le entregó el anillo de su madre.

Andreas cerró los puños, airado. No se le había ocurrido pensar que Sienna pudiera marcharse. ¿No quería el dinero? Si se marchaba, el acuerdo quedaba roto automáticamente y no conseguiría un céntimo.

Un mes antes, eso le habría hecho dar saltos de alegría, pero en lo único que podía pensar en ese momento era en recuperarla.

La llamó al móvil, pero como esperaba saltó el buzón de voz.

–Debe de haber dejado alguna pista sobre dónde está. ¿Se ha llevado el pasaporte?

–Creo que sí –Elena suspiró–. El pobre Scraps está

tan triste que no come y empiezo a preocuparme por él.

Andreas dejó escapar un bufido.

–Eso demuestra cuánto le importaba ese perro.

–Sienna lo quiere mucho.

–Si lo quisiera, no se habría ido.

–A lo mejor no sabe si él la quiere –sugirió Elena, mirándolo a los ojos.

–¿No tienes trabajo que hacer? –le espetó Andreas.

–Sí, *signor* Ferrante –respondió ella–. Pero sin Sienna, aquí no hay mucho que hacer. Ella hacía que la casa estuviera llena de vida.

Andreas salió al jardín a buscar a Scraps, pero el animal apenas levantó la cabeza al verlo.

–Me han dicho que no comes –murmuró, sentándose a su lado en la hierba–. ¿Qué te pasa?

El perro dejó escapar un triste suspiro.

–No contesta al teléfono. Le he dejado cien mensajes... lo está haciendo a propósito para volverme loco, claro. Quiere que le suplique que vuelva, pero no pienso hacerlo. Yo no pierdo nada si se rompe esta relación, es ella quien más tiene que perder. Yo me quedaré con el *château*, que era lo que quería desde el principio.

Scraps emitió un gemido, mirándolo con sus ojos castaños.

–Ya sé lo que estás pensando, que soy un idiota por mentirme a mí mismo –siguió Andreas, arrancando una brizna de hierba–. Y tienes razón, me da igual el *château*, no quiero vivir allí a menos que ella viva conmigo. Y tampoco quiero vivir aquí... odio que Sienna sea tan desordenada, pero ahora todo está tan limpio y organizado. Me vuelve loco, pero daría cualquier cosa por tenerla aquí otra vez. No sé dónde está o con quién está. Y no sé si volverá algún día, Scraps. ¿Qué voy a hacer? ¿Suplicarle de rodillas que vuelva?

Scraps movió la cola, mirándolo con ojos sabios.

—Tienes razón, estoy loco por ella —admitió Andreas, dejando escapar una risa amarga—. Y no es solo deseo, nunca ha sido eso. Sienna es lo mejor que me ha pasado en la vida. Estoy enamorado de ella —Andreas frunció el ceño, sorprendido consigo mismo—. No puedo creer que haya dicho eso. Nunca he querido a nadie aparte de mi madre y mi hermana, pero ese cariño es diferente —siguió, acariciando la cabeza del perro—. ¿Y si ella no me quiere? Quedaré como un idiota si le digo lo que siento y Sienna se ríe en mi cara.

Scraps dejó escapar otro suspiro perruno, apoyando la cabeza entre las patas.

—No voy a decírselo por teléfono, claro. Voy a buscarla —Andreas se levantó, decidido—. Tengo que decírselo cara a cara. Cree que es más lista que yo, pero no es verdad.

Scraps se levantó también, como si quisiera seguirlo.

—Si quieres entrar en casa, haré una excepción por esta vez. Pero nada de saltar en los sofás y está absolutamente prohibido subirse a la cama. ¿Lo entiendes?

La casita frente al mar en South Harris, Escocia, era el escondite perfecto. Sienna podía pasear por las interminables y solitarias playas de la isla pensando en su futuro, en su solitario futuro sin Andreas. Había esperado que la llamase mientras estaba en Washington, pero no lo había hecho...

Y había llegado el momento de rehacer su vida, una vida que no lo incluía a él; una vida sin pasión, sin amor, una vida triste y solitaria, todo lo contrario a lo que tenía su hermana. ¿Cómo podían dos personas idénticas tener vidas tan diferentes?

Había llamado a Gisele para decirle que se había marchado de Italia, pero no quiso contarle dónde estaba porque sabía que se lo contaría a Andreas y no estaba preparada para hablar con él. Andreas Ferrante había tenido su oportunidad y la había desaprovechado.

Sienna había apagado el móvil desde entonces y solo comprobaba los mensajes de vez en cuando. Había literalmente cientos de mensajes de Andreas, desde tranquilos y hasta amables a intransigentes, exigiendo que volviera a Florencia de inmediato.

Sienna los había borrado todos, deseando poder borrar sus recuerdos del mismo modo.

En la cama, por las noches, mientras el viento golpeaba el acantilado, pasaba horas pensando en Andreas, en sus caricias, en sus besos.

Llevaba en la isla casi quince días y no había leído un solo periódico o una revista desde entonces. Había evitado buscar noticias en la red porque no quería saber qué decía la prensa sobre la ruptura de su matrimonio. Pero mientras paseaba por la playa una mañana había escuchado un mensaje de Gisele alertándola sobre una entrevista en la que hablaban, una vez más, de la escandalosa cinta de vídeo que circulaba por Internet. Aparentemente, el hombre con el que se acostó había decidido dar una exclusiva al saber que era la esposa de un magnate.

Sienna leyó la entrevista con el estómago encogido, reviviendo la vergüenza y la angustia que sintió entonces. Según la versión del hombre, ella se había portado como una fulana...

¿Dónde podía esconderse de aquello? ¿La perseguiría durante toda su vida?

El siguiente mensaje de Gisele contenía un enlace y Sienna lo pinchó.

El magnate franco-italiano Andreas Ferrante presenta cargos por difamación contra Eric Hogan sobre la supuesta noche, dos años atrás, que el señor Hogan pasó en Londres con su esposa, la señora Ferrante, y que quedó grabada en una cinta de vídeo que circula por Internet. El caso será largo y caro, pero Andreas Ferrante afirma que no parará hasta limpiar el nombre de su esposa. La policía está investigando si Hogan podría haber echado algo en la bebida de la entonces señorita Baker y parece que han aparecido algunos testigos...

El corazón de Sienna latía con tal fuerza que apenas podía respirar. Leyó el artículo de nuevo, con los ojos empañados...

Andreas estaba defendiéndola.

Públicamente, además. Estaba luchando por limpiar su honor, sin pensar en el dinero que eso le costaría ni en el escándalo que iba a provocar.

Sienna se dirigía a la casa para hacer la maleta cuando una alta e imponente figura apareció por el camino. El viento desordenaba su pelo y sus ojos eran tan tormentosos como el cielo.

–Espero que tengas una buena razón para no devolver mis llamada –le espetó Andreas–. ¿Tú sabes los problemas que me has causado? He gastado una fortuna buscándote... ¿por qué no me has llamado? ¿Tan difícil era?

Sienna se lo comía con los ojos.

La había defendido.

–Muy bien, no respondas, me da igual –siguió él–. Pero dime una cosa: ¿por qué te fuiste de repente?

–¿Cómo me has encontrado? –preguntó Sienna.

–Gisele me dijo que le había parecido escuchar gaitas de fondo durante una de vuestras conversaciones –respondió Andreas–. El resto es obra de un investigador privado. ¿Tú sabes lo que está diciendo la prensa?

Sienna se apartó el pelo de la cara.

–No he leído los periódicos desde que llegué aquí. Siento mucho si te lo han hecho pasar mal...

–No estoy hablado de eso. Ya me he encargado del sinvergüenza de Hogan y te aseguro que no volverá a hablar de ti en toda su vida. ¿Cómo has podido pensar que no estaría preocupado por ti? ¿Te das cuenta de que quedé como un tonto delante de todo el mundo cuando volví a Florencia y tú habías desaparecido?

–Podrías haberme llamado cuando estabas en Washington, pero no lo hiciste. Te estaba dando a probar tu propia medicina.

–¿Te das cuenta de que no vas a conseguir un céntimo? Has roto el acuerdo, de modo que todo será para mí.

—Siempre ha sido todo tuyo, Andreas —replicó ella—. La ironía es que he pasado toda mi vida envidiando a los ricos como tú, pensando que tener propiedades me haría feliz, pero me he dado cuenta de que las posesiones y el prestigio nunca pueden compensar por lo que es realmente importante en la vida. Todo eso no es nada si no tienes amor.

—¿Y crees que no te quiero? —le espetó Andreas—. Llevo quince días buscándote, he dejado de trabajar... y no me hagas hablar del contrato que he perdido en Estados Unidos. Estaba demasiado ocupado buscándote como para hacer otra cosa. ¿Cómo te atreves a acusarme de no quererte?

Sienna lo miraba, perpleja.

—¿Me quieres? ¿No lo dices solo para salvar la cara y llevarme de vuelta a Florencia?

—¡Lo digo porque es verdad, maldita sea! Me encanta tu absurdo sentido del humor, que seas tan desordenada, que hayas domesticado a un perro vagabundo lleno de pulgas que ya no puede vivir sin ti... tu sonrisa, tu risa, ese brillo travieso en tus ojos. Me encanta tenerte entre mis brazos y que digas una cosa cuando estás pensando lo contrario —Andreas llevó aire a sus pulmones—. ¿Me he dejado algo?

Sienna esbozó una sonrisa.

—No, creo que lo has dicho todo.

Él soltó una carcajada, apretándola contra su pecho mientras respiraba el aroma de su perfume.

—Serás bruja. Te quiero tanto que me duele.

—¿Dónde te duele?

–Aquí –respondió Andreas, tocándose el corazón.

Sienna tuvo que parpadear para contener las lágrimas.

–Me he sentido tan sola desde la boda de Gisele y Emilio... pero no podía seguir viviendo una mentira. Tu padre hizo mal al organizar este matrimonio, fue cruel y manipulador.

–Lo sé, *ma petite* –asintió él, acariciando su mejilla–. Ver el amor que Emilio siente por tu hermana me hizo abrir los ojos. Durante toda mi vida he evitado compromisos emocionales, pero contigo era diferente, siempre ha sido diferente. Aunque creo que no supe cuánto te quería hasta que vi cómo se portaba Scraps después de que te fueras.

–¿Está bien? He llorado tanto pensando en él.

Andreas sonrió.

–Ha decidido que el establo ya no le gusta y se ha aposentado en la villa. Le gusta particularmente tumbarse en el sofá para ver la televisión.

Sienna sonrió mientras le echaba los brazos al cuello.

–Ese es mi chico. Siempre supe que podría domesticarlo. Solo tenía que ser paciente.

Andreas la apretó contra su corazón.

–Quiero que tengamos una boda de verdad, una de esas bodas de cuento de hadas con un velo largo, zapatos de cristal y todo lo que tú quieras.

Sienna dejó escapar un suspiro de felicidad mientras miraba los queridos ojos pardos.

–Solo te quiero a ti. ¿Qué más podría querer?

–¿Qué tal un par de hijos? Dijiste que no querías tenerlos, pero...

–Ahora que lo mencionas, no estaría mal tener un niño o dos.

Andreas besó la punta de su nariz.

–Me gusta la idea de verte embarazada y creo que deberíamos ponernos a ello. ¿Qué dices?

–Suena estupendo.

Andreas se apartó un momento para mirarla a los ojos.

–¿Te das cuenta de que aún no has dicho que me quieres? Yo gritando que estoy loco por ti y tú no me dices nada.

–Te quiero –Sienna sonrió, más feliz que nunca–. Te quiero con todo mi corazón. Creo que siempre te he querido, incluso cuando te odiaba. ¿Tiene sentido?

Andreas esbozó una indulgente sonrisa.

–Tiene todo el sentido del mundo, mi adorable bruja –respondió, antes de apoderarse de sus labios.

¿Iba a arriesgar cuanto tenía por una noche en su cama?

Khalis Tannous había pasado años erradicando cual-
quier atisbo de corrupción y
escándalo de su vida, incluso había dado de lado a su
familia.
Cuando Grace Turner llegó
a la isla mediterránea privada de Khalis para tasar la
valiosa colección de arte de
su familia, él no pudo sino
admirar su belleza. Sin embargo, vio en sus ojos que
ella también tenía secretos.
Grace conocía el coste que
tendría rendirse a la tentación, pero fue incapaz de
resistirse a la experta seducción de Khalis.

El más oscuro de los secretos

Kate Hewitt

Acepte 2 de nuestras mejores novelas de amor GRATIS

¡Y reciba un regalo sorpresa!

Oferta especial de tiempo limitado

Rellene el cupón y envíelo a
Harlequin Reader Service®
3010 Walden Ave.
P.O. Box 1867
Buffalo, N.Y. 14240-1867

¡Sí! Por favor, envíenme 2 novelas de amor de Harlequin (1 Bianca® y 1 Deseo®) gratis, más el regalo sorpresa. Luego remítanme 4 novelas nuevas todos los meses, las cuales recibiré mucho antes de que aparezcan en librerías, y factúrenme al bajo precio de $3,24 cada una, más $0,25 por envío e impuesto de ventas, si corresponde*. Este es el precio total, y es un ahorro de casi el 20% sobre el precio de portada. !Una oferta excelente! Entiendo que el hecho de aceptar estos libros y el regalo no me obliga en forma alguna a la compra de libros adicionales. Y también que puedo devolver cualquier envío y cancelar en cualquier momento. Aún si decido no comprar ningún otro libro de Harlequin, los 2 libros gratis y el regalo sorpresa son míos para siempre.

416 LBN DU7N

Nombre y apellido	(Por favor, letra de molde)	
Dirección	Apartamento No.	
Ciudad	Estado	Zona postal

Esta oferta se limita a un pedido por hogar y no está disponible para los subscriptores actuales de Deseo® y Bianca®.
*Los términos y precios quedan sujetos a cambios sin aviso previo.
Impuestos de ventas aplican en N.Y.

SPN-03   ©2003 Harlequin Enterprises Limited

Deseo

Terreno privado

JANICE MAYNARD

Gareth Wolff intentaba ocultarse del mundo… hasta que Gracie Darlington se presentó ante su puerta víctima de la amnesia. El huraño millonario conocía bien a esa clase de mujeres. Sabía que ella quería algo, algo que él llevaba toda la vida intentando olvidar. Aun así, decidió no dejar que la sensual intrusa se marchara, al menos, hasta que pudiera saciar con ella su deseo. Sin embargo, cuando Gracie recuperara la memoria, podía ser demasiado tarde. Porque, además de su territorio, ella había invadido su corazón.

Terreno privado
JANICE MAYNARD

*Ella no podía recordar…
y él no podía olvidar*

¡YA EN TU PUNTO DE VENTA!

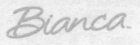

Era una tentación imposible...

Su propia hermana le había robado a su prometido. Como resultado de esto, Cherry Gibbs estaba perdida en Italia, con su coche de alquiler parado en medio de una carretera secundaria. Se estaba preguntando qué más podía salirle mal cuando, al levantar la vista, se encontró con la penetrante mirada de Vittorio Carella.

A pesar de que él tenía todo lo que ella se había jurado evitar, Cherry aceptó pasar la noche en su casa. Muy pronto, se vio seducida por las hábiles caricias de Vittorio. Sin embargo, aquello no podía ser real. Vittorio podría elegir cualquier mujer de la élite social de Italia. Entonces, ¿por qué se había fijado precisamente en ella?

Bodas en Italia

Helen Brooks

¡YA EN TU PUNTO DE VENTA!